仙华山传说

洪国荣 /编著

九州出版社
JIUZHOUPRESS

图书在版编目（ＣＩＰ）数据

仙华山传说 / 洪国荣编著. -- 北京 : 九州出版社，
2020.10
ISBN 978-7-5108-9708-5

Ⅰ. ①仙… Ⅱ. ①洪… Ⅲ. ①民间故事 – 作品集 – 浦
江县 Ⅳ. ①I277.3

中国版本图书馆CIP数据核字(2020)第207937号

仙华山传说

作 者	洪国荣　编著	
出版发行	九州出版社	
地 址	北京市西城区阜外大街甲35号（100037）	
发行电话	（010）68992190/3/5/6	
网 址	www.jiuzhoupress.com	
电子信箱	jiuzhou@jiuzhoupress.com	
印 刷	杭州万星印务有限公司	
开 本	880毫米×1230毫米　　32开	
印 张	5.25	
字 数	109千字	
版 次	2020年11月第1版	
印 次	2020年11月第1次印刷	
书 号	ISBN 978-7-5108-9708-5	
定 价	50.00元	

前言：解读仙华山与浦江黄帝文化

仙华山，俗名仙姑山，亦名少女峰，位于浙江省金华市浦江县城北五公里。

仙华山因轩辕少女的传说而闻名。轩辕少女元修，俗名仙华。宋郑缉之《东阳记》谓轩辕少女元修于此上升，故名。明嘉靖《浦江县志》亦载：轩辕少女元修于此上升，故。旧志称仙华山为"一邑之胜概，县治之主山"。其主峰亦名少女峰。

仙华山山势峻伟，如五笔插天，形似彩凤腾霄；山峰耸峙，又似芝掌浮空。从岩石中发现的蚌壳化石可以证明，仙华山在远古时代原为海底，后经亿万年造山运动而升高，形成突兀峻峭的面貌。

宋元以来，名家对仙华山题咏甚多。明代名臣刘基诗有"仙华杰出最怪异，望之如云浮太空。钦崟列施虎啮不可上，荟蔚杂树昏瞳胧"之句。明初开国文臣之首宋濂云："仙华拔地而起，奇形伟观，如旌旗，如宝莲花，如铁马临关；而大江之水，又如白虹，蜿蜒斜络乎其前。实天地间秀绝之区地。"

仙华山及其周围有八景，名为"华柱丹光、仙坛灵草、中峰啸月、深穴嘘风、剑峡迟鸾、卦尖望鼎、药壶闪影、龙门飞瀑"。

1988年,浦江县人民政府规划仙华山风景区以仙华山为中心,北至八角尖、黄山村,东至宝掌山之狮子岩,西至西安峡谷,南至上花园村,面积约十五平方千米,景区包括仙华山景区、西安峡谷景区、登高山景区、石宕源峡谷、宝掌山峡谷、金坑岭水库等多个区域。

轩辕少女真有其人吗?

要回答轩辕少女是否真有其人的问题,首先要讲一下其父轩辕黄帝的传说。中国人公认轩辕黄帝是我中华民族的人文始祖,是我国远古时代的伟大人物。因其姓公孙,名轩辕,"以土德王,土色黄故号黄帝"。《史记》赞黄帝:"生而神灵,弱而能言,幼而徇齐,长而敦敏,成而聪明。"他先后打败扰乱各部落的炎帝与蚩尤,从此由部落首领被拥戴为部落联盟领袖,成为中国历史上第一个统一华夏大地的帝王。相传有很多发明创造,如养蚕、舟车、文字、韵律、医学、算数、建筑、纺织等始于黄帝时代,从此开创了中华五千年的文明史。黄帝是历代人民推崇的中华民族勤劳、勇敢、智慧的象征。

但汉朝以前,诸家对中华民族上古祖先的认定,各持其说,儒崇尧舜,墨敬夏禹,道推黄帝。先时史书如《尚书》不载其事而从尧开始,无不与儒有关。我国最早记载黄帝的史籍《国语》《左传》,都把轩辕黄帝说成神话传说中的人物。到汉时,司马迁在修《史记》时,整理古史传说,为中华民族提供了一个系统化的姓氏源流归宗于黄帝的说法，这是最早提出黄帝是中华民族祖先的。

1994年，《陕西日报》曾载文披露了一个惊人的消息：1973年在湖南长沙马王堆第三号汉墓出土的《黄帝四经》一书。九十三岁的台湾史学家王塞和大陆学者余明光，经过认真的研究，得出了一致的结论：《黄帝四经》不是伪书，它成书于战国时期，是已经出土的关于黄帝的第一本书，并且是一本"治国之本"的书。由此推断，黄帝不是"传说中人物"，而是实实在在的历史人物。

1995年8月，著名历史学家、湖南省社会科学院炎黄文化所所长何光岳先生在"姜炎文化学术研讨会"上，宣布了他三十年潜心研究考证的结论。他说，炎黄均为太昊伏羲氏的后代。以炎帝神农氏和黄帝轩辕氏称谓载入历史典籍的各有八代，而最早的炎帝神农氏和黄帝轩辕氏为亲兄弟，均生于今宝鸡境内。其中炎帝生于今宝鸡市南郊的姜水，黄帝生于今宝鸡市境内岐山县一带的姬水（又称岐水），生于5500～5600年前。中国历史上确有炎帝、黄帝其人。

大凡中国历史上一切有伟大功绩者及能人都会被后人神化。北京大学段宝林教授在《论轩辕黄帝的出生及其历史内涵》一文中所指出的"黄帝既是人，又是神，集人神于一身"的结论是非常准确的。

笔者对轩辕黄帝的世系没有深层的研究与了解，但对全国各地的有关轩辕氏传说与其他类别传说进行过全方位比较研究，发现如八仙等传说几乎无处不传，而轩辕氏传说则有分布规律，同样仙道，各有性质，说明轩辕氏传说的相对稳定性与可靠性。根据文献记载，黄帝、嫘祖及其三妃共生育有二十五子、七女。那么，轩辕少女的传说应非无中生有。

轩辕少女到过仙华山吗？

在仙华山民间传说中，轩辕少女到仙华山修真是与轩辕黄帝到过浦江有必须联系的。

轩辕黄帝到过浦江仙华山的传说在史籍古书中没有明确记载，仅有历代文人诗中咏及。因此，1994年前，浦江所有历史典籍及近现代所有文章中均仅言及轩辕少女元修，而未涉及轩辕黄帝到过浦江仙华山的传说。

1993年，笔者为编《仙华山传说》一书上仙华山采风时，与仙华村九十四岁老农方贤盛闲谈时，听到了他讲述的天子洞的传说。该传说得到同村七十五岁老农方小苟的证实。由此首次引出了一系列有关轩辕黄帝一家二代四人到过仙华山的传说。我将该系列传说整理后，在《浦江报》上首先发表，引起有关人士的高度重视与浓厚兴趣。当时浦江籍著名作家洪汛涛先生在报上撰文说："在浦江的传说中，黄帝一家二代四人到过仙华山，这是一个新发现。"

仙华山传说以轩辕氏传说为主体，而黄帝父子到过仙华山的事迹被仙姑在此升天并有求必应的盛名所掩盖，以至于在清朝后被民间淡化，使得帝女元修的传说到近现代占了主导地位。

目前，在浦江民间传说中，关于帝女元修为何来仙华山，有三种说法：一是说她游历至此，被仙华山景色所迷住；二是说随同黄帝南巡而来,留下修真;三是说受黄帝之命前来仙华山一带教化百姓而来。根据古人诗文中所传,元修应该是随黄帝游历。

轩辕少女传说可分两个阶段,一是在仙华山修真炼丹期间的传说,二是在仙华山升天成仙后的传说。

轩辕少女元修得道升天的传说以"毛老爷与仙姑娘娘"为代表。此传说划时代地改变了轩辕少女在浦江的有限知名度和向心力。当地官府将仙姑庙应验如神之事上报朝廷后,宋宁宗很受感动,敕赐额名曰"昭灵"。从此,仙姑庙扩建为"昭灵宫",逐成规模,名声大震,香火大兴。

轩辕少女元修在成为"仙姑娘娘"后的传说无疑是人们对她的追念之思,也是炎黄子孙对先祖的一种崇敬之情的表达。

仙华山种种传说表明,轩辕少女元修到过浦江仙华山是有可能的。

轩辕少女元修于仙华山修真上升传说在古代志书典籍中记载不少。清康熙时陈梦雷、蒋延锡等编纂的我国现存的一部最大的类书《古今图书集成·山川典》专门记述了仙华山。已故作家洪汛涛曾赞叹:"天下多少名山未能进入这部《山川典》,而我们的仙华山却上了,而且介绍文字的篇幅相当的大,何其可贵也。"《中国神仙大全》一书则在"真仙部"中,把轩辕黄帝少女列在"上古三代"的第七位神仙。由此可见,轩辕少女在后人心中的位置和影响及其在历史上的知名度。

古代浦江文人墨客对轩辕黄帝少女元修在仙华山修真升天传说颇为自豪。在他们的诗文中,我们可以寻找到古代有关黄帝、皇子、帝女曾经来过仙华山的传说。

宋朝著名文学家方凤在《浦阳十景》诗组中云:"草木何丰彤,悬崖护丹穴。相传通鼎湖,深窈吹寒冽。"又云:"遥岑谁画挂,置此荆山鼎。"前一首诗说轩辕少女在仙华山炼丹;后一首诗说黄帝曾在仙华山置鼎炼丹。元代文人吴莱云:"一掌嵯峨是玉京,连峰欲向鼎湖倾。"方凤没讲清荆山之鼎放在何处,吴莱指得明白无误。原来,仙华山下有一塘,古时传为"鼎湖",那鼎就位于此地。元太常柳贯的《昭灵仙迹》诗的前两句"因山不启轩辕鼎,化石犹联婺女星"可能指此鼎与仙华山的关系;后两句为"真仙帝遣司风雨,唤起渊龙听指令"。司风雨者,赤松子也,赤松子是黄帝时的雨师,而渊龙则是海神,也是黄帝的儿子,有可能是到过仙华山的那位皇子,相传是黄帝派来江南平乱治安的。

仙华山是黄帝文化在南方的发源地

千百年来,仙华山有句顺口溜:"头戴紫金冠,脚踏擂鼓山。东边黄罗伞,西边大旗幡。南溪阁带水,北山八角尖。"这其实是民间传颂仙华山美景的一首歌谣,也是一个关于轩辕皇子的传说。

民间传说,轩辕黄帝在仙华山炼丹(应该是南巡)后,目睹这里时有动乱,百姓不能安居乐业,于是下决心派一位有能力的皇子来镇守与治安。《魏书·帝纪》记载:黄帝有子二十五人,或内列诸侯,或外分荒服。被派往仙华山而属"外分荒服"之列的皇子还是海神。

这样联系起来,仙华山既有轩辕黄帝与嫘祖的传说,又有轩辕皇子和轩辕少女的传说,这便形成了仙华山独特的远古文化背景。

根据笔者多年研究发现，凡是黄帝曾练过丹的或游览过的山都叫天子山或天子都，以证明黄帝确实曾来过。如黄山又叫天子都，永康石城山又叫天子山，江西的怀玉山又叫三天子鄣，不一而足。浦江的仙华山原先也叫天子山，天子山中有天子洞，从这里也可以看出，仙华山轩辕氏的传说并非附会产生。

从全国各地有关轩辕氏传说来看，所有传说均围绕轩辕帝系，而帝系无疑以轩辕黄帝为轴心。黄帝及其儿孙传说遍布大江南北，而嫘祖及帝女元修的连体传说仅限于一地，证明仙华山传说的形成时间相对较早。浦江仙华山的轩辕氏传说关系到黄帝及至亲三人，这在全国除黄帝及嫘祖的出生地与归阴地外是很少见的，其文化内涵的丰富性与复杂性绝不能以一个"道"文化一概论之。其他传说轩辕黄帝曾经炼丹的地方，如安徽黄山、缙云仙都、永嘉玉柜山、绍兴镜湖等，仅传一事或一物，仅与轩辕黄帝一人有关，这从另一侧面说明仙华山轩辕氏传说的系统性、突出性和可靠性。可以说，浦江仙华山昭灵宫是除黄帝嫘祖祖地墓地之外，又一个突出的炎黄子孙的祭祖圣地，这是中国多少名山都无法争取的荣誉与光环。否则，《古今图书集成·山川典》为何不把所有与轩辕黄帝有关的山都详记进去呢？浦江仙华山的地位由此可见。

由此推论，仙华山是轩辕黄帝在南方的一个重要定居点，轩辕皇子的传说还可以证明古婺一带是黄帝时战略要地。轩辕黄帝少女的传说表明，她在皇子平乱后到来，可理解为轩辕黄帝带女儿来教化这南蛮初民，是想把古婺一带建立成为南方的模范地区，以便进一步巩固黄帝南巡的成果，从而达到取信于民、天下大治的理想。据此，笔者认为，仙华山的轩辕氏传说具有很大的史前历史研究价值，这作为一种文化学推理也是合情合理的。

综上所述，我们可以得到这样一个结论，那就是浦江仙华山是黄帝文化在南方的发源地。

仙华山是中国"第一仙姑"山

中国仙姑文化起源于上古神话，发展于道教之中。古代神话与传说中，把未婚出家为巫为道的女人都统加"姑"称呼，其中得道成仙者，则皆称呼为"仙姑"。轩辕黄帝少女元修在仙华山修真升天，故民间俗称她为"仙姑"，山随其名，庙也同称。

中国仙姑文化史上最早有文字记载的是"姑获鸟"，是传说中黄帝曾孙颛顼的女儿，民间称呼她为"天帝少女"。至于传说中的"麻姑"、封神榜中的"二仙姑"、长江的"碧霄三仙姑"、八仙中的"何仙姑"、北海的"廖仙姑"，历史是远追不及"天帝少女"。那么，轩辕黄帝少女元修是"天帝少女"之父的太姑婆，这中国"第一仙姑"的称号是非轩辕少女元修莫属，仙华山则是"第一仙姑"山。杭州的仙姑山、湖北武穴的仙姑山或是广东的罗仙姑山，其文化内涵都无法与浦江仙华山的黄帝文化相提并论。

仙华山是中华民族的先祖圣地之一，是中华民族精神的一座丰碑。

洪国荣

2020年5月28日

目　录

CONTENTS

仙华山景区传说

西安峡谷景区传说

登高山景区传说

仙华山景区传说

仙华山(仙华村)简介

　　仙华山位于浦江城北五公里,海拔716米,相传为轩辕黄帝南巡驻跸处、轩辕少女元修升天处。仙华山风景优美,古迹甚多,至今崖上留有"清虚洞""第一仙峰"等清代题刻,山腰间刻有"天门""云路"等石匾。宋文学家方凤有《仙华八景》诗赞。而轩辕少女的祠宇更是雕梁画栋,颇为华丽壮观。宋嘉泰元年(1201)敕赐庙额曰"昭灵"。此处左右诸峰环峙,若拱若揖;俯视四野,浮云隐隐,村镇城郭仿佛烟云树梢间,"昭灵仙迹"为"浦阳十景"之一。

　　仙华村原系七里乡所属,2002年,七里乡撤销归入仙华街道新建置管辖。仙华村因背靠仙华山麓，以山而名。20世纪90年代，因开发仙华山，仙华进行旧村改造，新村建于仙华山风景旅游管理处东西两侧，而"昭灵宫"则迁建于原村北山麓。仙华自然村现有三十余户、一百六十余人口，大多从事"农家乐"经营。2018年，仙华村因景区升级，整体搬迁至仙华山下浦江城北郊区。

黄帝南巡天子山

很久很久以前,民间传说浦江仙华山最早叫北山,与浦江南山对应相峙。此山拔地而起,石笋争奇,古木参天,山水相映,景色优美。尤其是云裹雾罩时,更添几分神秘,当地人把它视为天上仙景、人间福地。

传说,轩辕黄帝统一中原后,势力范围逐渐扩展到南方,天下终于得到大治。但南方政局仍然动荡,百姓不能安身立命。轩辕黄帝经过深思熟虑,决定南巡平乱,一边除暴安良,稳定江山;一边寻奇采异,炼丹求道,一举两得。一日,轩辕黄帝问近臣浮邱子:"天下大势虽然太平,但南方还不稳固,吾意欲南巡,你们有何良策?"

浮邱子回奏讲:"吾帝南巡,须先平定人口稠密处,再延至人口稀少地,这是以多服少的上上之策。"

轩辕黄帝认为浮邱子讲得在理:"那么,南巡应先到何地为上?"

浮邱子又奏讲:"闻江南浙水一带人丁兴旺,可先驻跸那里。"

就这样,轩辕黄帝携嫘祖,带少女元修,在浮邱子和容成子等人的陪同下,过黟山(现在的安徽黄山)、顺水(今新安江)而下富春江到桐君山(现在桐庐境内),来向神医桐君子讨教南巡良策和炼丹高招。神医桐君子对轩辕黄帝说:"离此地不远处有

黄帝问道桐君子（潘永光绘）

座山，百姓叫作北山的，那山景如仙界，乃是天下第一灵山。此处四周环山，中间旷地形似金盘，易守难攻，是先民久居要地，故又为天下最开化之所在。帝若镇得该地，则四方太平矣。"

黄帝又问："请问此山灵在何处？"

桐君子回答："此山在湖（仙华山下古有湖）边，峰奇水秀，美景之外，有泉跟月变（月泉）、洞中涌雪（涌雪洞）、石传水声（八音石）等奇迹，更有月出五彩奇光，夜成如珠走盘之神影（现称日夕佛光）的天

下罕见奇景。那山中还有一仙人洞，其中奇妙无穷，洞广且深，宜居众人。"

黄帝听了非常高兴，连忙说："既有如此灵山作为依靠，又有先民久居要地，必是发达的地区。南巡以此为中心，定为居点，何愁大事不成。"

桐君子继续介绍说："离北山几百里地还有一座山，叫仙都山（现在缙云），此山有天下第一石之奇，也是修道炼丹的好地方。

那里距海很近,吾帝在仙都山亦设点炼丹,这样从黟山到北山,再到仙都山,成为一线,来往既方便,陆海采物又兼顾。"

轩辕黄帝听得入了迷,喜出望外,当日率众翻过桐庐岭来到北山。果然名不虚传,但见这里山奇水秀,景色宜人;紫气冉冉,神秘莫测。上得山中,那仙人洞更叫人称绝,洞中竟有阳光折射而照,厅中生厅,壁开石花,一切如鬼斧神工,真是一个天上少有、人间无双的洞天福地,难怪人们称之为"仙人洞"。黄帝于是决定在此暂时驻跸,一边到民间采风问俗,传医送药,建政立规;一边在山下兴建寝宫,筑炉炼丹,为日后融入当地做准备。

功夫不负有心人。轩辕黄帝经过千辛万苦,南巡终于如愿以偿,既平定了南方,又丹成得道。

后来,为纪念轩辕黄帝,人们把北山改名为天子山,把仙人洞改名为天子洞。再后来,又有轩辕帝子渊龙奉命来此居住过。传说,后来这里的百姓为保护黄帝、嫘祖、帝子和帝女的遗迹,便封闭了洞口。从此,人们便再也没能进得天子洞中,天长日久,洞口的位置因失传而成了一个千古之谜。可是它那美丽而神奇的传说,千百年来却吸引了无数世代好奇之人不断到仙华山来探险寻找它。

讲　述　者:方贤盛,94岁,七里乡仙华村人

记录时间:1993年5月19日

记录地点:仙华村

流传地区:仙华山一带

整理时间:1993年12月

通 海 洞

仙华山古有八景,其中之一"深穴嘘风"指的便是"通海洞"。这里冬天有云雾,夏天有清风,景象奇特。

南宋浦江文学大家方凤的诗句"草木何丰彤,悬崖护丹穴。相传通鼎湖,深窈吹寒冽"写的就是它。

20世纪80年代前,通海洞从洞口前行几百步后便是竖井式的洞穴,深不见底。人们投石问路,只听得咯啦嘞、朴咚通的响声传入耳中,逐渐轻微,以至消失,再投再响再失,可知其深难测。传秋夜可听见洞下水声,故历代《浦江县志》有"相传此洞与黄帝乘龙而去的鼎湖通"的记载。

传说,轩辕黄帝驻跸北山,一晃几月有余。一天晚上,轩辕黄帝闲来走出天子洞,夜观星象,忽然思忖南巡到此已有不少时日,不知远在千里之外的帝都情况如何,又音信不通。想着走着,轩辕黄帝鬼差神使般来到通海洞。这时,一只大龟正从洞里向洞口爬来,两只灯笼般的大眼睛忽闪忽闪的,把通海洞照得通明。

大龟看似爬得很慢,其实十分神速,轩辕黄帝还没看清大龟的样子,转眼它便已到了跟前。大龟说:"吾帝是在为与帝都音信不通而担忧吗?勿急,龙王派小神来助一臂之力。"轩辕黄帝

深穴嘘风通海洞

说:"怎么个助法?"大龟回答说:"吾帝有何指令,帝都有何消息,小仙都可以或传令或转信。"轩辕黄帝说:"此去帝都千山万水,遵仙如何行走?"大龟说:"龙王早已算得大帝有此一驻,故早已命虾兵蟹将把此洞与荆山鼎湖打通。"轩辕黄帝听罢转忧为喜,立即封大龟为龟将军,担任传令官。大龟听封,十分乐意,连声谢恩。

从此,轩辕黄帝安心在南方巡视与修真炼丹了。

讲 述 者:方贤盛
记录时间:1993 年 5 月 19 日
记录地点:仙华村
整理时间:1993 年 11 月 10 日

绿 毛 猴

绿毛猴位于仙华山千兽峰西北下侧,石形酷似蹲猴,又满布青藤,故名绿毛猴。相传,绿毛猴曾是轩辕黄帝在北山时的贴身卫士。

传说,轩辕黄帝在古浦江北山时,山上有好几种神兽,有白鹿,有天马,有神猴,它们都在千岁以上。其中,一只全身绿毛的神猴最有灵性,见到有人上山,总是作揖打拱,彬彬有礼,还常常帮人做事,替人解难。

当年,轩辕黄帝翻金坑岭,盘王山道,还没上北山,神猴早已在山岗等候迎接,主动要求当轩辕黄帝的向导。轩辕黄帝自桐君山到北山，虽行军短短百里，但连遭两次土人强盗侵扰，心里不晓得有多少懊恼。此时路遇灵猴相助，想必这是吉祥之兆，轩辕黄帝自然是眉开眼笑，转忧为喜，便收留了这只绿毛猴，尊其为大仙。从此，绿毛猴成为轩辕黄帝忠实的侍卫。轩辕黄帝在洞中，它守卫在洞口。凡有陌生人进洞，它闻得出此人有无歹心。轩辕黄帝出巡在外，它紧随左右寸步不离。慢慢地，绿毛猴在轩辕黄帝身边久了，居然能开口讲话了。

轩辕黄帝在南方一住就是半年有余，过东到西，上山下海，为治理天下奔波劳累。绿毛猴跟着跋山涉水，风餐露宿，时刻保护轩辕黄帝。有句古话讲：花开花落万物道，聚散离别终有时。一天，轩辕黄帝回到北山，召绿毛猴到洞中，讲："吾等即日回师京都，这许多日子大仙劳苦功高，特请一同入京听封。"绿毛猴回答："帝回京都，帝女留在山中，小猴愿继续效力，以保帝女平安。"轩辕黄帝听了感动得差点掉下眼泪，面对大家讲："人人都有如此大义，天下何乱之有！"当即封绿毛猴为护丹法师，保卫帝女元修炼丹修真。

不知过了多少年，轩辕帝女元修丹成升天，绿毛猴也终成正果，得道成仙。它的身体在仙华山化为岩石，一直守候在帝女洞下，几千年来未曾有变。浦江宋朝文学名人方凤有诗称赞绿毛猴的高尚品德："邂逅绿毛仙，临流同洗髓。"

讲　述　者：方贤盛
记录时间：1993年5月19日

记录地点：仙华村

整理时间：2020年2月12日

大 钟 峰

仙华山华柱峰北侧有峰名为"大钟峰"，峰高约百米，南观此峰如覆钟。传说，大钟峰里面镇着一只白猴。

很早很早以前，白猴原本与绿毛猴一起称兄道弟，在北山修炼成精。后来，绿毛猴追随轩辕黄帝，得到轩辕黄帝的点化，抛开个人私欲贪念，立志修真为大众苍生。白猴对绿毛猴的理想很是不解，常常讥讽挖苦绿毛猴。绿毛猴呢，反过来苦口婆心地劝白猴，要白猴一同辅佐轩辕黄帝平定天下，一来二往，白猴与绿毛猴总是话不投机。最后，白猴与绿毛猴你走你的阳关道，我走我的独木桥，各奔前程，不再聚首会面。

可是，白猴心胸像麦芒一样又小又尖，它对绿毛猴在轩辕黄帝面前的出色表现很妒忌，也为轩辕黄帝到北山来占它的地盘而憎恨。为了报复，它经常在私底下下黑手，要么偷走轩辕黄帝他们的什物，要么破坏轩辕黄帝他们的兵器，还故意留下猴子脚印。因此，有不少人不辨是非，怀疑是绿毛猴干的，使绿毛猴百口莫辩。

轩辕黄帝虽然十分信任绿毛猴，知道是白猴在捣蛋使坏，但

大钟峰下听传奇

他又说不出这不是绿毛猴干的证据。很长一段时间,大家设计了不知多少个陷阱,想了不知多少种方法,狡猾的白猴精就是不上钩不上当。还是绿毛猴知道白猴的弱点与软肋,给轩辕黄帝献了一条让白猴显形的妙计。果然,不出几日,白猴就当场被抓了个现形。

原来,绿毛猴知道白猴想成仙想疯了,早就惦记着轩辕黄帝和元修炼的丹了。只是不知道丹成的吉日,白猴不敢盲目行动,怕偷早了没用,迟去了白等待。一天,白猴正在偷窥丹炉的动静,忽见有人灭炉火上祭品。不一会儿,轩辕黄帝带领女儿元修等人祭告丹成,敬天谢地。机不可失,时不再来。当晚,白猴乘着夜色,偷偷爬上祭坛,揭开丹炉封门,要盗取金丹。不料,猴爪还未伸进丹炉,四周喊声响起,白猴哼都来不及哼一声,就被轩辕黄帝的卫士们捆了个结实。

就这样,白猴被逮了个正着。真相大白,轩辕黄帝为了惩罚白猴,用一口大钟把它关押到仙坛后背,让它反躬自省。可是,白猴不思悔改,三番五次想逃。本来关它的大钟是口朝天的,就因为白猴执迷不悟,轩辕黄帝只好把大钟翻过来,将它永镇于此。不知过了多少年,这口钟变成了一座钟岩,一直到现在没变过样。

讲 述 者:方贤盛

记录时间:1993 年 5 月 19 日

记录地点:仙华村

整理时间:2020 年 2 月 20 日

嫘祖峰与石笋

岩柱石笋是仙华山风景区奇观之一，多达三十余处。它们大小不一，高低错落，千姿百态，色彩有别，形成了地貌上独具一格的岩柱峰丛。素有"第一仙峰"之称的少女峰周围就拥簇着十余支岩笋，如枝如瓣，似芙蓉出水，花蕊盛开。最大的石笋玉尺峰，高94米，尖利如剑，它与玉珪峰、玉笋峰并列，如三把利剑直插云天。传说，这些石笋与轩辕黄帝和嫘祖有关。

轩辕黄帝南巡来到古浦江北山后，为了不打扰百姓，饮食起居全靠自己。平日里，轩辕黄帝常带卫士们上山打猎，用兽皮到邻近村里换稻谷、玉米等粮食。嫘祖呢，与女儿元修一起常到山上去摘野果挖竹笋。轩辕黄帝最爱吃竹笋，嫘祖不管有多远，千方百计为他四处挖笋。而在北山的笋，嫘祖坚持不挖，为什么呢，嫘祖想，北山的笋如果挖没了，万一有事不能到其他山上去挖，怕轩辕黄帝吃不到竹笋。就这样，北山的笋一直长生着，等到轩辕黄帝回师京都时也不曾少一支。后来，嫘祖如此关心丈夫让邻近的百姓都非常感动，大家从此不上仙华山挖笋。天长日久，仙华山上的笋受天地之灵气、日月之精华，全都化石为岩，与世永存了。

讲 述 者：方小苟，男，70岁，七里乡仙华村村民，2013年被认定为金华市级非物质文化遗产代表性项目仙华山传说代表性传承人。

记录时间：1993 年 5 月 20 日

记录地点：仙华山

整理时间：1997 年 11 月 28 日

将 军 岩

　　仙华山将军岩位于老龙峰与仙姑峰的鞍部，因巨岩似将军守关，故称"将军岩"。传说，将军岩与嫘祖有关。

　　轩辕黄帝平定王山强盗窠后，收编了大部分人，也因此与一小部分顽固的强人结下了仇。这些强人到处散布谣言，说轩辕黄帝的到来，损害了百姓的利益，侵占了百姓的地盘。只因轩辕黄帝威名远扬，队伍纪律严明，对百姓秋毫无犯，还带来了许多这样那样的好处，使他们网罗不到足够不明真相的土人，去明目张胆反攻，也无法在社会上挑拨离间，兴风作浪。土著强人首领心有不甘，拉了几个死党，千方百计想拌一拌，不让轩辕黄帝顺风顺水。他们像幽灵一样在北山神出鬼没，寻找一个报仇的机会。终于有一天，让他们撞上了一个可乘之机。这一天，嫘祖只带一个卫士从八角尖回到北山营地，刚走到北山背面的半山腰，忽然从山路两边跳出十数个手拿家伙的人，不由分说，劈头盖脸就打了过来。双拳难敌四手，卫士一边抵挡，一边杀出一个空档，让嫘祖寻机脱身往山顶逃。嫘祖在前逃，卫士在后挡，边战边退。好在山路是羊肠小道，有一将当关、万夫莫开的有利地形，使嫘祖退到了山冈。不幸的是，卫士快到山冈时已精力虚脱，等不上救兵赶到就被强盗头子打倒在地，再也起不来了。

轩辕黄帝为了表彰嫘祖卫士的英雄行为和勇敢精神，封他为将军，以将军之礼埋在北山山冈巨岩之下，并命名此岩为"将军岩"。

讲述者：方小苟
记录时间：1993年5月20日
记录地点：仙华村
整理时间：1993年8月18日

破无字天书

仙华山中峰和栖鹰峰形成一个隘口，宽仅两米。抬头仰望，双峰直插云天，上有横石如桥，正面书"天门"，背面刻"云路"，意为进此隘道便入云中之路，跨入升天之门，历来有"进得天门成仙子，云路下来无俗人"之说。这里俗名"薄刀弄"，岩背似剑突起，十分雄奇险要。两旁有小山峰缓缓平展，犹如凤翅欲飞，故景称"剑峡迟鸾"，为古代仙华八景之一。

传说，薄刀弄有"无字天书"，如有能打开天书，并且破解天书，妖魔精怪可以得道成仙，凡夫俗子可以位极人臣。因此，几千年来,有无数人到此寻找玄机,碰碰运气。不知有多少人在石壁面前冥思苦想、绞尽脑汁,妄想打开天书,求取功名。可是,无缘之人就是一辈子站在这里,也别想看见石壁显影。据说,只有有德有缘之人到此,天书才会自动打开,显现文字。只有有天才之人,才能洞悉奥妙,破译天书。话说轩辕帝子渊龙闻知薄刀弄有"无字天书",也很好奇,一天来到薄刀弄,在平整的石壁上拍了三下,只听"哗"的一声,石壁开出一扇石窗来,里面一本石书自动开卷,翻出九九八十一个似画非画、似字非字的符号来,只一会儿便书闭窗关,石壁还原,如无超凡记性,别想记住一个字。可是渊龙天资聪颖,自小又勤习文字,看了一遍,便把所有

进得天门成仙子

九九八十一个字都牢记在心中，印在脑子里。

回到仙华山东边东皋住地，渊龙把"天书"文字默写在泥地里，一个字一个字进行分析，一遍又一遍进行研究。终于功夫不负有心人，渊龙成功破译了天书，终成为一个世间奇才。

讲述者：任文灶，男，62岁，七里乡登高村村民
记录时间：1993年9月25日
记录地点：登高山村
整理时间：2020年2月18日

仙华七姐妹

当年轩辕黄帝南巡驻跸天子山，轩辕少女元修随父来此，一边采药炼丹，一边采麻纺织，帮助当地百姓，为轩辕黄帝分忧。

起先，轩辕少女以及与她姐妹相称的六个女侍卫采好药、炼好丹、纺好纱、织好布，就下山到各地向需要的百姓施舍救助。谁知，四面八方的百姓知道后，纷纷涌向天子山来问医求药、讨教纺织技艺，使元修七姐妹不得不留在山上接待应酬，忙得不亦乐乎。轩辕少女见这样还是没有办法应付得过来，就吩咐姐妹们分工设点来解决问题。大姐二姐丹术高，就在头岩、二岩设点专门炼丹；三姐擅长纺织，就在天门下清虚洞里织布；轩辕少女元修知识全面，就在山中央接待四方来访者；五妹、六妹医术

仙华山七姐妹（潘永光绘）

高明，分别在天子山岭头和天子山脚专司传医看病之职；七妹对辨别药材有天分，就让她去各地组织采药。

就这样，年复一年，元修七姐妹不知救助了多少七材八宅的百姓。后来，人们为了纪念轩辕少女她们，便把天子山改名仙华山。因为轩辕少女终身不嫁，人们因此也尊称她为仙姑娘娘，元修七姐妹也因此称为"仙华七姐妹"。四面八方的人们对仙华七姐妹感恩戴德，又分别为她们建了七座庙来纪念。大姐庙在头岩，俗称"头岩娘娘"；二姐庙建在二岩，俗称"二岩娘娘"；三姐在天门下，因有悬空之险，因此俗称"九霄娘娘"；元修是轩辕少女，小名仙华，因此建庙在山中央空旷之地，俗称"仙华娘娘"；五妹庙建在仙华岭，俗称"仙岭娘娘"；六妹建庙在仙华山脚方宅村口,俗称"方姑娘娘";七妹因采药与马岭朱宅采药郎结缘,建庙在朱宅淡坞,俗称"仙音娘娘"。

据传,后世为了方便人们祭祀仙华七姐妹,不知在何时把仙华山上下六庙合为一庙,统称"仙姑庙",因为她们都终身未嫁。而朱宅淡坞庙仅供奉一人,后世人不忍心让"仙音娘娘"离群索居而孤单,便又塑上仙华六姐妹神像,与"仙音娘娘"合在一处,同受一方烟火。因为有七妹出嫁从夫而不能称姑,所以,庙名仍称为"仙音庙"。

讲 述 者:方小苟
记录时间:2009年9月21日
记录地点:仙华村
整理时间:2012年12月11日

天子山改名仙华山

浦江仙华山最初俗名北山,后改天子山,最后又改名仙华山,它的来龙去脉,有传说为证。

元修是轩辕黄帝的小女儿,小名叫仙华。传说轩辕黄帝的儿子渊龙奉命到天子山继续完成父亲平定南方的大业,并在当地治洪水救灾民,受到民众的爱戴和拥护。轩辕黄帝对此十分满意,下令召回儿子渊龙,再委以重任,并要求渊龙带回皇妹元修。但元修十分留恋天子山,也与天子山一带的民众结下了浓厚的感情,不忍离开。就这样,轩辕少女与六位女侍卫一起留在仙华山传医修道(这就是后世民间传说中所谓的"仙华七姐妹"),继续完成父兄的大业。

天子山一带民众虽然有房子住,有稻谷吃,但毕竟粮食产量不多,又缺衣少药,百姓生活依然艰苦。仙华七姐妹把这一切看在眼里,急在心上,决意要改变这种状况。因此,她们留在天子山继续开炉炼丹治病,继续把从母亲嫘祖那里学到的养蚕织布的技艺,传授给四方的百姓,并教百姓学会种麻取材的技术。她自己也亲手采麻织布,送给那些无依无靠的孤寡老人等。从此,后人便把元修织过布的清虚洞称为"织绤洞",来纪念仙华姑娘

昭灵宫

的这一功德。

四方的百姓在渊龙和仙华姑娘的组织下,共同把洪水治理疏通了,但也留下了许多使人行走不便的纵横交错的水道,于是仙华姑娘又不辞辛劳,日夜织造麻绳供行船布桥之用,方便行人。

仙华姑娘对百姓们真是有求必应,无所不至,方圆百里的百姓对她感恩不尽,人人为她求上苍保佑,祝愿她早日得道成果。

仙华的善行感动了天庭,使她的炼丹日程大大缩短了。终于有一天,仙华姑娘的金丹炼成了。升天成仙的日期来临,仙华姑娘依依不舍告别了乡亲们,乡亲们也个个含泪向仙华道别。

仙华姑娘升天成仙后,乡亲们为纪念仙华的不尽恩德,便把天子山改名为仙华山。因为浦江民间尊称仙华为"仙姑娘娘",所以仙华山又名"仙姑山",并把仙华升天的山峰取名为少女峰,在升天处为她造庙塑像,尊称她为"仙姑娘娘",祈求她常来人间。

仙姑娘娘果然不负乡亲们的一片诚心,只要乡亲们有苦有难,到庙里告诉她,她在天上知道后总是再忙也抽空下凡来帮助解脱。仙姑娘娘有灵,轰动了四邻八方,前来求愿的人越来越多,仙华山的名气因此也越来越大,最后惊动了朝廷,宋宁宗皇帝赵扩看了地方官的奏折很感动,亲笔赐额"昭灵",敕建昭灵宫在岩麓旷地,大成规模。

从此,仙华山这美丽的山名一直沿用至今。

讲　述　者:方贤盛
记录时间:1993年5月19日
记录地点:仙华村
整理时间:1994年4月

织绪洞与天雷丼

　　仙华山天门北下方是清虚洞天,洞上石壁横镌"清虚洞"三大字。洞中左侧有一股裂隙清泉,终年水流不断。相传,轩辕少女元修曾在此织绪,清虚洞俗称"织绪洞"。织,就是纺织,元修在此洞长期为百姓纺麻织布;绪,就是搓绳索,用以制竹筏渡人,说明那时仙华山下多水,元修利用当地修竹,绞制竹索,牵引木槎竹筏,便利行人航渡。浦江南宋诗人方凤的诗句"葳蕤不计名,绝壁挂缕缕。果否垂衣年,丝麻绩蜂午"写的就是当年元修织绪的情景。

　　仙华七姐妹中的轩辕少女元修和三姐最擅长纺织,因此两人常在织绪洞里为百姓们纺织。日子长了,上山人多了,坏人也来了。仙华山脚附近有个好吃懒做的光棍,一天到晚游手好闲,专做偷鸡摸狗的坏事,邻近三村都叫他做"烂狗屙"。

他见仙华七姐妹个个生得天仙一般美丽漂亮，早已垂涎三丈，只碍于轩辕黄帝和渊龙在，不敢轻举妄动。当"烂狗屙"得知轩辕黄帝和轩辕帝子渊龙先后离开，他便想入非非，打起仙华姐妹的主意。这个无赖"烂狗屙"三天两头到织绪洞以请轩辕少女与三姐补衣、向她们讨药为名，肆意对她们嬉皮笑脸、轻口薄皮。仙华姑娘看出其心怀不轨，不予理睬。光棍无赖见仙华姑娘只是不理不睬而未对他责骂，以为好欺，居然对三姐动手动脚。

仙华三姐一边躲闪，一边好言规劝他弃恶从善，改过自新。不料，光棍无赖变本加厉，竟无耻下流地说要脱衣给她们看。元修与三姐既不声也不响，只是闭目面壁。第二天，光棍无赖又上山到织绪洞前，可万万没想到，织绪洞已被仙华姑娘们封住了洞口，原本打算在洞前换衣服的歪念头落空了。"烂狗屙"正在动歪脑筋，癞蛤蟆想吃天鹅肉，忽然天上一片乌云飞来，一个闪电把"烂狗屙"打得吓了一大跳，他赶紧下山逃跑。奇怪的是，他逃到哪里，闪电打到哪里，打得他魂不附体，哭爹喊娘。逃过天门，来到通海洞附近，只听得天上轰隆隆一声巨大的雷响，"烂狗屙"被雷劈死了。又轰隆隆一声，一个响雷把他打入了地下三尺。从此，这里就留下了一个深丼，俗称为"天雷丼"，连同这个传说一直存世到现在。

讲 述 者：方小苟
记录时间：1993年7月21日
记录地点：仙华村
整理时间：1997年2月18日

母 子 鹰

仙华山千兽峰南侧，有两块岩石，一大一小，酷似一对岩鹰母子伫立，仰望着天空。千兽峰北侧，一只巨型石猫，有正欲扑向母子鹰之势。传说此情此景是轩辕黄帝少女元修从猫口救下这对母子鹰的一个故事。

有一天，元修只身来到天子山西边千兽峰采药，忽然听到一阵鸟类凄厉的哀叫和打斗的响动，远远看见一只伤痕累累的小鹰在瑟瑟发抖。而一只母鹰为保护小鹰正在与一只凶狠的野猫苦苦搏斗着，渐渐无力抵抗。眼看这对母子鹰有被野猫吃掉的危险，元修急忙过去，把野猫给赶跑了。

元修救下母子鹰，为它们敷药疗伤。经过精心护理，母子鹰很快复元了。元修见母子鹰已经安然无恙，便放它们重回山林。一连放了三次，母子鹰还是不肯离开，照样飞回元修身边。元修觉得母子鹰这般通人性，也就让它们留在了她的身边。自此，这对母子鹰成为元修的随从，时刻保卫着元修，不让毒蛇伤害，不让猛兽靠近，一直到元修升天。

至今，这对母子鹰还仰望着天，盼望有朝一日轩辕少女下凡来，再叙恩情，一睹仙子风采。

讲 述 者:方小苟

记录时间:1993 年 12 月 11 日

记录地点:仙华村

整理时间:1997 年 2 月 5 日

青 鸟

登上仙华山,过天门下云路,经九霄亭向东行,有一巨石形似一只侍立的大鸟,映入游人眼帘,这只大鸟俗称青鸟。宋朝文学家方凤"剑峡迟鸾"诗,有"峡中候帝子,青鸟空徘徊"之句,称赞青鸟忠诚护卫轩辕少女元修的传说。

传轩辕黄帝上天当了玉皇大帝,嫘祖自然成了王母娘娘。青鸟原本是嫘祖的侍卫和使者,与轩辕黄帝一起上天后成为一只神鸟。轩辕少女元修是嫘祖最疼爱

得道升天乘凤去(潘永光绘)

的小女儿,兄长渊龙回都之后,只留下她一个人在仙华山修真。嫘祖实在是放心不下,便派她最信任的青鸟来当元修的贴身侍卫,并担任她和女儿之间的使者。

元修在天子山不知修真多少年,有一天终于得道功成,迎来一只凤凰要送她上天与父母团聚。上天的时辰快到了,元修与乡亲们依依惜别。凤凰刚要起身飞升,元修说:"轩辕宫是我这里的祖地,上方村是我这里的'外婆家',让我再去看一眼吧!"凤凰说:"天命难违,时辰已到。我只能在它们的上空绕一圈让仙姑看一眼。"元修点头答应。

凤凰从天子山东飞经石宕源到轩辕宫,再到上方村,然后向天上飞升。这时,元修又对凤凰说:"上方村隔壁的老婆婆近来不知是否安康,我不去看一下总是放心不下。"凤凰说:"既已离地飞升,下地已无可能。"青鸟知道主人的心思,说:"那就让我替你去探望和告别一下吧!"元修别无办法,只好应允青鸟代她去了却心愿。

结果,青鸟因为回头跟不上凤凰,飞到天上时,南天门已经关了,青鸟只得返回天子山,当晚就化身为石。至今,青鸟石仍然仰头向天,时刻想念着元修姑娘呢。

讲　述　者:张世杰,男,高中文化,七里乡石宕村村民,农村医师

记录时间:1988年10月12日

记录地点:石宕村

整理时间:1989年3月5日

仙华山和朱云峰

传说，古浦江南山一带寸草不生，而北山一带树高林密。因此，南山边的人要到北山角去砍柴过生活。

很久很久以前，南山边有个后生叫朱云，父母早亡，孤苦伶仃，从小就依靠砍柴卖柴为生。

日复一日，年复一年，朱云砍柴卖柴，在当地小有名气。朱云的柴又粗又干，买卖公平，童叟无欺，人们交口称赞。他那一颗善良的心，也深深打动了在天上的一位仙女。有一天，朱云照例拿下每日砍柴时挂在树上的蒲包，准备吃午饭，不料一打开，喷喷香的一股热气腾腾扑面冲出，咦！冷饭怎会变热的？朱云弄糊涂了，但他并不去多想，吃过午饭又砍柴。第二日又是这样，朱云可奇怪了，蒲包挂在树荫下，季节又是在冬天，无论如何不会冷变热的。朱云猜不透就又不去多想，吃过午饭又砍柴。第三日，更奇了，不只冷饭变热饭，他挂在树上的破棉袄，竟不知被哪个拿去过，补得平平贴贴，洗得干干净净了。可是从五更到午牌，并无有人来过呀！这究竟是怎么回事呢？朱云百思不解。

第四日，朱云生主意了，他一边假装砍柴，一边偷偷盯住挂在树上的蒲包，不一会儿，只见两只雪白漂亮的小山羊走到树下，一只衔走蒲包，一只衔走棉袄，朝山上跑了。朱云悄悄跟在两只小山羊后面，追了一程又一程，过了一冈又一冈。忽然，两只小山羊一眨眼不见了。朱云东张张，西望望，发现岩壁背面有个洞，朱云走进去一看，看呆了，洞里有蔚蓝的天空，有美丽的彩云，有盛开的鲜花，还有一个十分标致漂亮的姑娘，正接过小山羊的蒲包和棉袄。姑娘看见朱云羞得低下了头，朱云看见姑娘不知如何是好。

姑娘和朱云都红着脸，呆呆地你看我，我看你。后来，他们谁也讲不清是谁先讲了话，谁也记不清是谁先走近了谁，就这样，他们相爱了。

原来，姑娘叫仙华，是天上玉皇大帝的小囡，在这里修真炼丹已有上千年了。她见朱云忠忠厚厚，勤勤恳恳，生得又齐齐整整，结结实实，便动了凡心，慢慢爱上了他。她不忍心朱云日日食冰冷的饭，日日穿肮脏的破棉袄，自己不便出洞去拿，就叫山羊衔来给他热饭补衣。

从此，朱云日日上山不用带冷饭，衣服破了脏了不愁无人缝洗。日子过了一日又一日，两人你离不开我，我离不开你，便结成了夫妻。

过了春天到冬天，过了一年又一年，朱云与仙华男耕女织，恩恩爱爱，过着丰衣足食的快活日子。到了第三年，仙华生了一男一女一对双胞胎。夫妻欢天喜地，哪里晓得，孩子的哭声惊动了玉皇大帝。玉皇大帝掐指一算，是小囡仙华犯天条，嫁了凡人在做产。玉皇大帝气呀，立即点起天兵天将，亲自下凡来，乘朱云带着孩子下山的空当儿，抽出宝剑，狠狠往北山脚劈了一剑，只听"轰隆隆"震天动地一声响，当时现出一条十多丈阔波浪滚滚大江来，这便是现在的浦阳江。从此，仙华和朱云被隔开在江北与江南两边。

仙华站在大江北边，想想父亲的狠心，望着激流的江水，无法过去与丈夫孩子相会的苦，日也哭夜也哭。

朱云站在大江南边，望着北岸的仙华，而对波大浪高的江，恨无翅膀飞不过，恨无鱼鳍游不过，相思之苦只好眼泪流往肚里吞。

仙华思念着朱云和孩子，朱云盼着仙华，朱云与仙华做梦都在想法子团圆。一天，仙华无意中看见一只蜘蛛，在两树之间放丝结网，爬过来爬过去。蜘蛛能放丝过空，我何不织带过江？仙华心里一亮，马上动起手来，她纺呀纺，纺了整整九九八十一日的五色线；打呀打，打了整整九九八十一日的头发绳；织呀织，织了整整九九八十一日，总算织成了一条又宽又长的带，再经过九九八十一日的修炼，好不容易修炼成了一条能小变大的如意宝带。

仙华等到他们隔江相望的时候，用手势叫朱云接住如意宝带。可是，仙华抛了一次又一次，如意宝带次次抛到半江便弹回，不用说，这是父亲的法力在作怪。仙华想想一年的心血要白费，不由得伤心大哭起来。

仙华和朱云海枯石烂的爱情，深深感动了山神土地，他决心帮助仙华夫妻团圆。"哗啦啦"，土地公公化作一只老鹰，攫住一头如意宝带,直往南岸飞。如意宝带一到朱云手里,只见仙华吹了一口气,如意宝带立刻红光四射,眨眼间,如意宝带变成了一座又宽又大的桥,这便是后来的南桥前身。

夫妻儿女破镜重圆,一家欢欢喜喜,又过起了男耕女织的幸福生活。这一次,孩子的笑声,笑得玉皇大帝心软了,他看看生米已成熟饭,便认了女婿和外孙,并把他们都接到了天上。

人们为了纪念朱云与仙华,便把大江北边的山叫仙华山,把大江南边的山叫朱云峰。从那时候起,女人便开始打辫子。从那时候起,人们便开始有了婚嫁织带的风俗。

讲 述 者:方小苟
记录时间:1986 年 10 月
记录地点:仙华村
整理时间:1986 年 10 月

附录:仙姑显灵救董公

明朝嘉靖年间,仙华山下董宅有个太公在朝里做官。董太公为官清正,因此得罪了不少权贵。有一年,当朝丞相严嵩想拉拢太公成为他们的死党,但董太公十分厌恶严嵩玩弄权术、陷害忠良的行为,哪里肯出卖灵魂,与贼为伍?严嵩见董太公软硬不受，恼羞成怒，千方百计陷害他。董太公在朝中处处受严嵩的气，本指望明世宗朱厚熜皇帝能够忠奸分明，可事实上皇帝是个昏君，他听信严嵩谗言，不但不听董太公的忠言，反而怪罪董太公。于是，董太公决意弃官回家。狠毒的严嵩还不放过他，暗中派家将随后追杀董太公。

一边在前逃，一边在后追，可是奇怪得很，当严嵩家将每次快要追上太公时，总是有风雨阻挡他们。一日，董太公乘船从钱塘江急急先逃，那班恶人也在后紧追不舍。到浦阳江时，忽然乌云滚滚，风狂雨急，山洪暴发，不一会儿，浪高三丈，洪水像一匹脱缰的野马，把严嵩家将的船冲得人仰马翻，哭爹喊娘，而奇怪的是，董太公乘坐的船却平稳地前行，如无风无浪一样。董太公坐在船头越想越奇，正在这时云散雨停，不一会儿，一团祥云徐徐而来，但见云中一少女向他点头致意，董太公以为是在梦中，当他再次仰望天空时，那少女转身走进云团中一座显示有"昭灵宫"三字的大门里面不见了，转眼间那团祥云飘然飞升而去。董太公看得呆了，半天说不出话，心里只觉纳闷。

第二天，刚好是古历八月初十——昭灵宫仙姑娘娘生日庙会。仙华山脚一带热闹非凡，村村雇班演戏，四面八方的香客乘机烧香求签许愿，而当地方姓人则抬着仙姑娘娘的神像，游行各村，让娘娘尽享人间香火。当会桌途经董宅村时，董宅太公一眼认出那会桌上的娘娘就是昨天云头上向他点头致意过的少女，顿时大悟，连忙命家人备了份厚礼供于会桌上，自己跪在仙华娘娘神像前，叩头烧香，虔诚膜拜，感谢娘娘显灵救命之恩。

从此，董宅祠堂总是供奉仙姑娘娘的，一直流传至今。

讲 述 者：方明泉
记录整理者：魏开垒，男，34岁，浦南村人，中余乡文化站干部
记录整理时间：1993年

毛老爷与仙姑娘娘

浦江县城北边有仙华山，又名仙姑山。山上有座昭灵宫，正殿里塑一女神，偏殿塑一男像，女的是仙姑娘娘，男的是当过一任浦江县令的毛（音莫）老爷。

明朝年间，有个姓毛的人，被朝廷派到浦江当县令。毛老爷带着家丁，雇了一只官船，从杭州江干开船。这时，来了一个姑娘，要求搭船。家丁说这是官船，不带客人；女的千恳万求，说她是民家贫女，流落在外，没有盘费回家，如能方便，胜救一命，感恩不尽。

毛老爷是个善心人，听她说得可怜，就走出船舱，吩咐随从让她上船。一看这个姑娘虽是民女打扮，但讲话文雅大方，生相不同凡俗，便问女子是哪里人，到哪里去？姑娘回答是浦江人，家居人山女古岭。

毛老爷不熟悉浦江地名,更不了解浦江民间风俗习惯,心想,俗话说"入境先问俗",这个姑娘既是浦江人,又能说会道,何不向她问问浦江民间的民风民俗。果然,那姑娘上船后,讲了许多浦江的民情风俗给他听。一路上,毛老爷与姑娘有问有答,讲着讲着,姑娘得知毛老爷这是去浦江上任当县官的,便把浦江前几任贪官污吏的腐败勾当和浦江百姓生活痛苦的情况,一五一十告诉了毛老爷。

两人谈谈说说,不知不觉船已到了诸暨牌头,再往前,江水浅了,官船无法开行,毛老爷只好上岸再讲。毛老爷和姑娘谈得十分投机,现在就要分手,两人都有难舍难分的感觉。毛老爷讲:"今日相逢,得益匪浅,不知是否后会有期?"

那姑娘问他:"此去浦江,还有百来十里路,不知县官大人是坐轿,还是骑马?"毛老爷说:"一不坐轿,二不骑马,两脚代车上任,一为顺路看看民情,二为表明本官愿与民同甘苦。"姑娘一听,点点头讲:"如此说来,后会有期。当大旱之年,便是我们相见之日。"

毛老爷到任以后,为官清如水,断案明如镜,爱民如子,浦江百姓无人不称赞毛老爷如何如何好。到了第三年,浦江碰上百年未遇的大旱。眼见得一县百姓灾难临头,毛老爷吃不下,睡不着。有人说:仙姑山的仙姑娘娘十分显灵,何不到仙姑山去求雨。毛老爷心里想着百姓,也就顾不得头顶烈日,脚踏热土,三步一跪拜,上仙姑山求雨去了。额骨头磕出了血,脚膝踝跪破了皮,脚板底走出了泡。毛老爷心里想着百姓,早已舍生忘死,他没有后退一步,也没叫一声痛。跟在毛老爷后面的父老乡亲见了,个个感动得流下眼泪。

到得昭灵宫,毛老爷行过三跪九叩大礼,抬头一看,觉得神座上的仙姑娘娘好生面熟,好像在什么地方见过,可一时又记不起来。这时,身边的家丁凑近毛老爷的耳朵边讲:"老爷,这个仙姑的相貌,和我们来时的那个搭船姑娘一模一样。"

听了家丁的话,毛老爷立刻想起那姑娘曾对他讲:"人山女古岭"及"大旱之年,便是我们相见之日"的话来。毛老爷眼望仙姑神像,不觉神思恍惚,木头一样站着,一动不动。跟随的人请毛老爷坐下休息,也不见回音,还以为是毛老爷一路闷热,犯痧气了,慌忙搀住,谁知毛老爷身子已凉,直挺挺地归天了。大家在为毛老爷的不幸死去而痛哭流涕。突然,一个大天雷,仙华山顶乌云翻滚,接着阵阵大雨落遍了浦江的每个角落。

就这样,干燥的溪塘又有了水,半死的作稷又变得绿油油。这全是毛老爷用生命换来的呀。浦江百姓没有忘记为民舍身的毛老爷,为了纪念他的恩德,便在昭灵宫里,另塑毛老爷神像,供大家祭奠膜拜。

讲 述 者:王兴毛,71岁,前陈乡农民

记录整理者:王兴汉,前陈梅石坞村民

记录时间:1985年9月

流传地区:浦江各地

"九天灵应仙姑"碑的来历

　　中国一般民间庙宇,只有塑像金身供人祭祀,很少在祭坛供桌上有牌位的。仙华山"昭灵宫"因为是皇家规制宫殿,所以在祭坛上有"九天灵应仙姑之位"的石刻牌位。

　　传说,轩辕黄帝修真升天后,成为天帝。不久,轩辕少女元修也得了道升了天。一天,天庭上朝,众神奏请天帝赐封元修。天帝认为元修是自己的女儿,刚上天未建有功,不宜敕封。太白金星向天帝奏道:"元修乃天帝女儿,天赋聪颖,智慧绝伦,受天帝亲授,得元神鼎力相助,在民间立下三千三百件以上善事,德行高深,远远超出成仙条件的要求。今上天归仙,于情于理,封号有何不可?"两班文武众神听完太白金星的陈述,齐声奏曰:"太白金星所言极是,封天女理所应当!"天帝闻奏,以为于情有理,便说:"依众臣

"九天灵应仙姑"碑

之言，封什么号为好呢？"太白金星回奏道："应封九天仙姑。"众神都说这个封号配得天帝之女。于是，天帝就封元修为"九天仙姑"。从此，元修成为仙界第一仙姑。这个传说在浦江民间流传了几千年，轩辕少女元修在仙华山的名气越来越大。到了宋朝宋宁宗时，地方官因民间对仙华十分信仰，又是轩辕黄帝少女，奏请扩建仙华庙，赐封庙号。宋宁宗赵扩看了奏折，认为元修在凡间是轩辕黄帝少女，在仙界又是九天仙姑，皇家女儿理应由皇家来封号。

于是，宋宁宗亲笔御书"昭灵"，敕令扩建庙宇。从此，昭灵宫如轩辕庙一样成为官府管辖的庙宇，便有了凡新官上任，必先去昭灵宫祭拜的俗成约定。不用说，昭灵宫的香火比以前更兴旺了。

日复一日，年复一年，五百年过去了，"昭灵宫"因为"九天仙姑"对百姓有求必应，名气越传越远。

清朝康熙六年，湖广麻城毛文垫到浦江来当知县，在上任途中遇到了"仙姑"，后来便有了一个"毛老爷与仙姑娘娘"的民间传说，在浦江产生了很大的影响，流传了一代又一代。光绪《浦江县志》记载说，这个毛知县心慈仁爱，征粮不加刑，凡县里有利弊大事，都能倾听百姓心声。他到任后，知道浦江民间十分敬重昭灵宫的轩辕少女元修，因此常去仙华山昭灵宫祭拜"九天仙姑"，或替百姓消灾求雨，或为百姓还愿。一天，毛知县去昭灵宫祭拜，忽然发现昭灵宫虽贵为皇家规制，却无牌位供奉，不由自责太过粗心大意。回到县衙，毛老爷马上提笔书写八个大字

——"九天灵应仙姑之位"。他这是顺着宋宁宗的"昭灵"思路而题,也顺应了浦江民间对轩辕少女元修的尊敬与对九天仙姑有求必应灵验的感恩意愿。写罢,他意犹未尽,又在边上落款:"毛文垫创立。"当日,他便命人刻于石上,供奉在仙华山昭灵宫轩辕少女神像前,并令重塑仙姑金身,把"昭灵宫"修缮一新。康熙十三年,毛知县因治理浦江有功,升任陕西延安府知府。在他调离后,浦江人为纪念毛老爷对浦江的功绩和对光大仙华山"昭灵宫"的贡献,特塑其像于"九天仙姑"轩辕少女元修之右,永享浦江人的供奉祭拜。

讲 述 者:方小苟
记录时间:2011 年 12 月 21 日
记录地点:仙华村
整理时间:2011 年 12 月 31 日

神 仙 石

看过仙华山峰林的人都说:"仙华无俗石,个个似神工。"特别是人物造型,或站或坐,或笑或愁,活灵活现。其中,王母娘娘、太上老君、济公和尚等形象无不惟妙惟肖。传说,这是楼相公邀群仙游山留下的踪迹。

楼相公上天后,玉皇大帝当日就在朝堂上嘉奖他在凡间为

阅尽人间济公岩

百姓所做的好事。太上老君奏请封楼相公为神,说:"天上已好久没有封神了,像楼相公这样既修道又学佛,功德圆满的,真是凡间难得,天上少有。"王母娘娘也说楼相公在仙华山弘扬轩辕黄帝的修真要旨,为修真学道之人树立了榜样,应该封他为神。既然王母娘娘都开了口,还有什么好说的呢,玉皇大帝当即封楼相公为神。

太上老君一生游遍名山大川,求炼神丹,可也是很少听说像千岁长老、楼相公这样既修道又学佛的,所以常向楼相公问这问那。楼相公知道太上老君的心思,便邀请太上老君到仙华山、宝掌山一游,太上老君说:"如果王母娘娘一起前往,玉皇大帝肯定准奏。"

笑口常开岩

楼相公当真去王母娘娘面前请求一起下界游山。王母娘娘听说是让她一起去重游仙华山，重拾她与轩辕黄帝、少女元修在一起的记忆，很是乐意，满口答应。

于是，楼相公在前引路，太上老君断后，陪同王母娘娘一起下界到仙华山。因为到罗汉堂报到晚了而流落在民间的济公和尚，听说楼相公被封为神，这会儿邀到王母娘娘与太上老君一起下凡来仙华山，也特地赶来凑热闹。

王母娘娘到仙华山回想自己还是嫘祖时，在八角尖惊险而艰辛的日子，非常感慨。仙华山上至今还保留着她面对八角尖的倩影。人们为了纪念她，于是把她站过的山峰叫嫘祖峰。太上老君站在仙华山上，面向黄山，对当年轩辕黄帝上仙华山路经黄山村与强盗斗智斗勇钦佩得很，至今他恭敬的表情还留在仙华山上。再说济公和尚，他对楼相公从俗家弟子到半仙，再由仙封为神，短短几年，一帆风顺，羡慕不已，联想到自己虽说也已修成正果成为罗汉，可登不上罗汉堂，有无比的失落感。今日一见楼相公风光无限，他怎么也高兴不起来。所以，济公和尚留在仙华山的形象是一副毫无表情的样子。楼相公春风得意，别提有多高兴了，因此，他至今还笑得嘴不合拢，人们还给他取了个"笑口常开"的美名呢！

讲述者：方小苟
记录时间：1993年12月12日
记录地点：仙华村
整理时间：2020年2月21日

僧尼岩的传说

　　婺剧中有一出叫《僧尼会》的折子戏。剧中写了一个小和尚和一个小尼姑各自逃出山门,结成夫妻的故事。无独有偶,仙华山上也有僧尼相会的传说呢。

　　西岭岗在仙华山村西,离村不到半里路。在这座山冈上,有块和尚石,高有数丈,坐北朝南,头、身俱全,略向前斜;离和尚

感天动地情人岩

石仅一丈之处，又有一岩石，上小下大，实像一个坐着的小女，与和尚石相对，活像一对青年男女在这里幽会。大家给这两块岩石取名僧尼岩，又名情侣岩。

提起僧尼岩，还有个动人的故事呢。

在石宕源的金山寺里，有个小和尚，生得眉清目秀、聪明伶俐、勤劳朴实。他每天烧香念佛、扫地挑水，还要种菜、砍柴。寺里十来个和尚的烧饭、烧水用柴，都是这个小和尚砍来的，那时西岭岗上柴长树密，正是砍柴的好地方。因此，三天两头他都要到西岭岗去。

在西岭岗西南不到两里路的地方，有个尼姑庵。庵里有个美丽的小尼姑，她也和小和尚一样，也要经常外出，为师父们砍柴，找野果。在劳作中，他们经常碰在一起。开始两人只相互看看、笑笑，不打招呼，时间长了，由疏远到亲近，经常坐在一处谈谈心事。小尼姑体弱力小，小和尚时常帮她砍柴、背柴；小和尚衣服破了，小尼姑也时常为他缝缝补补。天长日久，两人渐渐产生了爱情，因为有佛门清规，他们只能在西岭岗偷偷幽会。

"若要人不知，除非己莫为。"和尚、尼姑幽会的事，被木荷坪寺里的老和尚知道了。他心地不善，笑里藏刀，为了自己早日成仙成佛，就向天神报告，要求惩罚这对不守佛门清规的僧尼。一日，小和尚、小尼姑正在约会，忽然天昏地暗，大雨倾盆，经常躲到西岭岗偷看他俩幽会的老和尚忙藏到石岩下躲雨。不一会儿，"轰隆隆，哗啦啦"，一声震天霹雳，这对青年男女，双双被雷击死。那老和尚呢，因为缺德，也被震死了。最后他们三人都化成了岩石。只不过,老和尚的身体被雷炸飞到西边金坑岭去了。

如若不信,可到金坑岭去看看,在一块巨岩下,那和尚探着头还在偷看僧尼岩呢!

讲 述 者:张世杰
记录时间:1987年7月2日
记录地点:石宕村
整理时间:1988年10月5日

石 乌 龟

杭口岭的石猪头、少桃岭的石笋、同桃岭的石门槛以及金坑岭的石乌龟是四个人的丑名,传说他们原来不只是一母同胞亲生兄弟,也是出家修道的同门师兄弟。

他们出生在金坑岭脚一户有名的财主人家,也是一户武学世家。他们家里有四样法器宝贝:一只金碟,一双金草鞋,一双金筷子,一个金酒盏。据传,谁要是得到一样,法术倍增。石猪头、石笋、石门槛、石乌龟谁都想独吞四件法宝,只碍着爷娘还在世,不便明抢。

等到爷娘一死,哥弟四个便迫不及待要分宝贝,哪里晓得家里一样宝贝也没有找到。为此,你疑我,我疑你,疑来疑去疑勿休。

其实呢,这些宝贝早就被石乌龟从父母那里骗到手了。为了个人独得宝贝,他石乌龟老早想好了一个"瞒天过海"之计,装假不知地对三个兄弟讲:"大家勿要争,勿要吵。我听人讲,这几样东西都在玉皇大帝龙椅下。我们兄弟四人合口同心去偷来,哪个先拿到手,就归哪个。"众兄弟一听觉得有理,就答应了。

四兄弟要准备上天啦!他们让身体拼命地伸呀,长呀,长得最快的是石笋,第二个是石猪头,石门槛第三,石乌龟心里有鬼,有意懒洋洋落在最后面。

石笋看见自己长得顶快,心里想四样宝贝我可以独得了,心里一高兴,力气也来了,"哼"的一声,"彭"的一响,把玉帝龙椅下面的地皮刺破了,玉皇大帝"哒"的一跌,连人加龙椅四脚朝天翻倒在地上。

谁那么大胆,竟敢顶翻玉皇大帝的龙椅,这还了得,玉帝大怒,立即吩咐天雷神把它们打下去。只听得轰隆一声震天响,糟啦!石笋被打成两段,石猪头被敲下了一只耳朵,石门槛被折成两节,石乌龟拼命缩进了头。它们东逃西躲,石笋逃到少桃岭,石门槛逃到桃岭,石猪头逃到杭口岭。石乌龟呢,拼命往仙华山上逃,结果又一声响雷,劈下一块大岩石挡住了它的去路,并把它的四只脚炸没了,头也缩不进去了,吓得它一动也不敢动。

那四样宝贝呢?传说,至今还被石乌龟藏在金坑岭那里。

讲　述　者:张天元,76岁,七里乡上山村民

记录时间:1987年7月13日

记录地点:上山村

整理时间:1987年8月25日

西安峡谷景区传说

西安峡谷(八角尖)简介

金坑源发源于八角尖。八角尖位于仙华街道、杭坪镇和虞宅乡的交界处,海拔805米左右。八角尖是由八个山尖组成,所以叫八角山。八角尖与仙华山南北相望,风景奇特。

《浦江县志》载:"金坑,浦江县城北十里,自古有奇黄沙色。转入西庵内,有外龙门、内龙门;两山石壁凑合,如构成胡同,高十数仞;下有龙窟、绀泉;外龙门屈曲重光,如屯军堆甲,武备森然;有石峰插天,亦谓之'小仙华山'。"

金坑源西安山群峦峭立,盘绕如环,纵横相望。登龙门顶,东有少女峰矗立云表;西则下临绝壁,壶源江水萦绕于下;反顾龙门西内,平田十亩,别有天地,相传明代著名文人宋濂入仙华山为道士时,即结庐于此。

西安山东麓有西水东调水利工程的红岩水库、仙华水库与金坑岭水库。三水库环列于仙华山麓,因坐落高低不一,层层蓄水。宛如三面平镜,错落辉映,环侍左右。又有红岩电站建于悬崖峭壁间,为仙华山平添奇观。

沿水库引水灌渠蜿蜒东行于仙华山东麓,有梅坞,以宋进士赵崇袍于此植梅数里而得名。明进士张应槐又在此结庐,名"三阳小隐"。旧址为今梅坞村。左近昔有后郑村,南宋末年著名文人方凤居此,日与吴思齐、谢翱赋诗答赠,寄黍离麦秀之慨。

擂 鼓 岭

传说,当年轩辕黄帝携妻子带女,率领一班文臣武将浩浩荡荡翻过马岭,战胜了一股拦路袭扰的当地武装,又继续向东朝北山行进。爬过金坑岭,来到了北山西面的一个小山村。此时,大家经过长途跋涉,早已人困马乏,正想进村准备安营扎寨,忽听一声呐喊,杀声四起。

原来,这个村处于深山之中,地势险要,是本地势力最大的占山为王的强盗寨,所以名叫"王村"。轩辕黄帝能文会武,胆略过人,当然不会被强盗吓倒,当即指挥排兵布阵,抗击强人。只是强盗们占着人多势众和地理优势,居高临下,尽管轩辕黄帝这边个个身经百战、经验丰富,但也没有占到多少便宜。

眼看太阳快要落山,再这样相持不下,等到天黑,必然对不熟识地形的一方带来危险。轩辕黄帝心里十分焦急,想着强攻一时难以取胜,只有通过智取。文臣武将们你一言我一语,好一阵子也没说出一个好办法来。最后还是轩辕黄帝自己想出了一个绝招。他根据王村周围环形的自然地理特点,带人把随身带来的大鼓架在村东岭头,亲自击鼓,号令卫士们一鼓作气,奋勇向前。

黄帝在征伐蚩尤的涿鹿之战中,元女用鼓声"以像雷霆",曾造夔牛皮鼓八十面以壮军威。鼓,早已成为黄帝征战的利器。南方的人从来没听到过鼓声,所以,黄帝的鼓声在王村四周回响,犹如神兵天将在呐喊,震天动地。强盗们以为触怒了天神,惊恐万状,纷纷四处逃散。

轩辕黄帝智取王村后,在此休整了一段时间,一面对桐君子推荐的北山进行考察,一面对逃亡的强盗进行围剿。等到这带成为清平世界,才到北山驻跸。

从那以后,人们就把轩辕黄帝擂鼓的地方叫"擂鼓岭"。王村也改名叫"黄山"村了。

讲 述 者:张天元
记录时间:1991年7月18日
记录地点:上山村
整理时间:2020年2月22日

紫 印 堂

仙华山西侧黄山村擂鼓岭东边有一处开阔地叫"紫印堂"。它的来历,相传与轩辕黄帝有关。

当年,轩辕黄帝在王村遭到土著悍匪的阻击,一时间杀得难解难分。轩辕黄帝后来利用击鼓壮威吓敌的办法,使强盗们躲的躲、逃的逃,溃不成军,东分西散。

黄山村景远眺

轩辕黄帝轻而易举大获全胜，顺利进村，下令乘胜追击，搜捕残匪。

王村是个占山为王的强盗窠，村里自然藏身的地方很多，四周山里也都有他们的窝点。轩辕黄帝他们挨家挨户、漫山遍野搜了很多时间，竟然抓不到一个强人。难道他们都上天入地了？大家都在疑惑不解。忽然，村边一间房子里钻出一个人来，自称是小头头，听说是威震天下的轩辕黄帝到来，南巡的目的是建立一个王道乐土，很愿意将功赎罪，传递信物，招呼其他人归顺轩辕黄帝，让他们都改邪归正，重新做人，为建王道乐土出力。轩辕黄帝闻言大喜，可是拿什么东西可作信物呢？而且，一个两个还好应付，那么多人拿什么信物呢。大家七忖八想，终归想不出一个好办法来，急得轩辕黄帝搓起手来。轩辕黄帝身边有许多紫色灌木果籽，他顺手一边摘一边随意搓，摘了搓，搓了摘，无意间沾满果色的手随意在石头上一按，竟印出一个手印。轩辕黄帝看此情景，不由眼睛一亮，想出一个绝妙的好办法。他吩咐随从把紫色果子摘来一大堆捣糊，又命卫士摘来许多手把掌大的树叶。他沾上紫色果汁的手印在一片片树叶上，然后作为信物传递给那些肯归顺的人。果然，这一招十分管用，土著强人们知道轩辕黄帝是个了不起的英雄，一定会信守招安承诺，便纷纷凭这印有轩辕黄帝手印的树叶前来归附。

轩辕喜出望外，不时翻弄这手印树叶之间，心里又有了新的想法。他把手印刻在木头片上，成为传令的印信。从此，轩辕黄帝调兵遣将，发布政令，都用上了它。传说，后世的符、节、印就是从这里脱胎出来的。后来，当地人为了纪念轩辕黄帝发明印信的功绩，便把产生树叶印信的那间房子叫紫印堂。尽管那个房子早已没了，但那个地方叫紫印堂一直叫到今天。

讲 述 者：张天元
记录时间：1989年3月1日
记录地点：上山村
整理时间：2020年2月22日

锣 鼓 洞

八角尖上有个"锣鼓洞"神秘莫测。据传，该洞常有悦耳动听的锣鼓声传出，而这锣鼓声是轩辕黄帝南巡时带来的乐队传下来的。

相传，轩辕黄帝十分喜欢音乐，发明了许多乐器。因此，他走到哪儿，就把乐器带到哪儿。大钟大鼓用来号令和作战，小锣小鼓用来自娱自乐，这已成为轩辕黄帝的一大人生乐趣。一床不眠两样人，嫘祖夫唱妇随，无一不支持轩辕黄帝，她也喜听爱唱不说，还时常帮轩辕黄帝管乐器带乐队，忙这忙那，什么事都做得有头有角，有条有理，赢得了大家的敬重与爱戴。

嫘祖是个聪明人，她不止一手操持丈夫的饮食起居，还替他出谋划策。他们刚到北山时，暂居山洞之中，嫘祖想，来路上不断遭遇地方土著强人的伏击侵扰,现安营在此,脚跟未稳,恐也不一定安全。所以,她向轩辕黄帝献上一策,建议把队伍一分为二,轩辕黄帝的主力居北山,她率一队上北山后的八角尖,这样可以相互照应,互为犄角。特别是八角山高出仙华山许多,可以居高临下,便于观察,防止强盗背后偷袭。轩辕黄帝十分赞同嫘祖的想法,即让锣鼓队跟随去八角尖,把大钟大鼓留在北山,以互传音信。就这样,轩辕黄帝的乐队与嫘祖一起上了八角尖。平时,一批人担任警戒任务时,另一批人则在洞中吹拉弹唱,勤学苦练。由于嫘祖她们的守护,轩辕黄帝这边安全多了。而八角山这边呢,美妙的音乐在山谷回响,鸟儿们听得呆了,停在枝头上不忍飞走;兽儿们听得呆了,留在山上不肯远离走开;山上的百姓听得呆了,竖起耳朵怕被打断。八角尖一时间变得欢乐起来。

后来,轩辕黄帝的锣鼓乐队虽然离开了八角尖,但山洞里的锣鼓声却没有消失过,时不时传出山洞,一直传到现在。

讲 述 者:方小苟
记录时间:1993 年 7 月 12 日
记录地点:仙华村
整理时间:2020 年 2 月 19 日

娘 娘 庙

八角尖半山腰有一口仰天塘，水呈暗红色，终年不干。塘下有一块像倒立的人头石，人们称之为娘娘头。上面有利刀砍过的痕迹，终年积着暗红色的浅水。离仰天塘不远处有个石洞，名叫"避贼洞"，口小内大，十分隐蔽，可容五十余人。距洞口十米，有一座小庙，叫"娘娘庙"。

提起娘娘头、避贼洞、娘娘庙，人们至今流传着嫘祖与卫士的一个悲壮动人传说。

当年嫘祖与轩辕黄帝分兵到八角尖，住进了山洞。有一天，不甘心失败的王山土著强盗头得到嫘祖只有几十人在八角尖的消息，马上纠集一批亡命之徒，偷偷上八角尖围攻嫘祖。可是奇怪得很，任凭那些土著人怎么搜山，就是一无所获。原来，嫘祖的一个哨兵女卫士早已发现了这些偷袭的人，及时向轩辕黄帝报警后，所有人躲进了一个不易被人发现的山洞。那个嫘祖卫士呢，因为上山顶去报警来不及躲进洞里，刚走到仰天塘，就不幸被强盗头发现抓住了。强盗头软硬兼施，威逼她说出嫘祖等人的藏身地方。嫘祖卫士怒目冷对没有理睬，强盗头见她不说，就拳打脚踢。然而，宁死不屈的嫘祖女卫士始终不吐一字，残暴的强盗头见无计可施，竟把她杀死在仰天塘边，鲜血染红了仰天塘,至今不褪色。强盗头还不罢休,又残忍地割下她的头,抛下山去。谁知人头刚落地,顿时变成了一块人头巨石,吓得强盗们惊恐万状。强盗头恨得要命,怕得要死,企图把它砸碎,但任凭强盗如何敲砸,它却丝毫不动。强盗头恼羞成怒,想把它推下山去。几十个强盗用力一推,那人头巨石翻了个跟头,"轰"一声把强盗头砸成了肉饼,其他人一见,个个魂飞魄散,纷纷落荒而逃。而人头巨石却又牢固地倒立在原地,上面血迹刀痕,至今犹存。

年轻的卫士为掩护嫘祖牺牲了,嫘祖万分悲痛,以"娘娘"之礼安葬了她。后来,人们为了纪念这位女英雄,就把这个人头石命名为"娘娘头";把避难的石洞取名为"避贼洞",并在仰天塘边,建了一座"娘娘庙",为她塑像立碑,永祭英灵。

讲 述 者:方小苟
记录时间:1988 年 10 月 27 日
记录地点:仙华村
整理时间:1988 年 11 月 21 日

金 坑 岭

金坑岭是浦江通往建德、桐庐、安徽的唯一官道。古道西北岭脚在杭坪镇薛下庄壶源江大王潭,东出口便是浦江县城北郊金坑源口(现为金坑岭水库),全长1.6公里。据《浦江地名志》记载,金坑岭东溪沙颜色奇黄如流金,故名金坑岭。这里竹密林茂,山光水色,风景优美。

在民间传说里,金坑岭的名称是这样来的:

传说在很久很久以前,金坑岭脚村有个小后生名叫小猫,父亲死得早,他与年老的母亲相依为命。小猫以砍柴为生,日子虽然过得很清苦,但他心地善良,十分孝敬母亲。人在家,名在外。小猫从小人穷志不穷,从不贪小便宜,又爱苦怜命,常常给村里比他更苦的孤寡老人送米送柴,邻近三村都晓得他是个大好人。

有一年八月中秋日,天高气爽,小猫吃过午饭,肩背柴冲担柱,腰挂钩刀水竹筒,兴冲冲走上金坑岭去砍柴。他一路走,一

金坑岭脚冷泉亭

路哼,很快便爬到了岭头平顶,忽见金光闪闪,照得小猫惊奇万分。定睛一看,平顶上到处都是金牛、金猪、金狗、金羊、金猫、金兔、金元宝,数都数不清,看得小猫眼花缭乱,呆在那里半天回不过神来。但是,小猫虽然眼热,手却没有去拿,他心里在想,怎么这多金子宝贝也没有人看,要是被人偷了可怎么办,不如我帮人家看一会儿。于是,小猫放下柴冲担柱,坐了下来。过了好一会儿,不知从哪里走出一位鹤发童颜的老爷爷,哈哈哈笑着走向小猫说:"你小猫是个善良的人。今天是我千年一回的晒金日,有缘人才看得见,你小猫运气好碰上了,说明你我有缘。今日就让你任挑一样送给你。"小猫摇摇头说:"天下人都在说'无功不受禄',我不能白拿你老爷爷的金子。"白发老爷爷说:"你年纪轻轻就晓得积德行善,孝顺父母,功德无量,你今天一定得挑选一件带回家去孝敬母亲。"小猫还是一口回绝:"我砍柴足够糊口,金子真不能白拿,否则怕被母亲责怪。"白发老爷爷拿起一只金小猫拍拍小猫的肩,说:"就当你帮我看金子的工夫钱吧。"小猫推辞不过,只好接过金小猫。就在这一转眼工夫,忽见一道金光腾空而起,白发老爷爷连同所有金子都飞上天去了。远远还传来空中白发老爷爷的一句话:"你小猫的心比金子还亮,日后必有善报。"小猫这才如梦初醒,自己是遇到神仙了,赶紧跪下拜谢。

小猫遇仙得金的事很快传遍了四村八宅,让许多人耿耿于怀,有好奇的、有不怀好意,什么心思的人都有。一年又一年,每年中秋日晴天,总有人上金坑岭顶去撞运气。一年又一年,

金坑岭

终于,有一年的中秋晴天日,被一个远近闻名的恶棍财迷给撞上了,这个恶棍恶得出奇,什么坏事都做绝了。这一天,还是那个白发老神仙在晒金,金牛、金猪、金狗、金羊、金猫、金鸡、金元宝样样都有。白发老神仙说:"碰上有缘,任你选,随你挑。"那恶棍财迷不等老神仙说完,急不可待地一手抓住最前面的一头金牛,一手抓住旁边的一只金公鸡,拼命往外拉。不料,金牛一看他一副贼眉鼠眼的样子,知道他不是一个好东西,马上怒目圆睁,"哞"一声大叫,挣脱他的手,狠狠踢了他一脚,把恶棍财迷的腿给踢断了。金牛抓不住,恶棍财迷贼心不死,赶紧抓牢那只金鸡。金鸡也怒发冲冠,展开双翅,扑腾而起,狠狠啄了他一口,啄瞎了他的一只眼。就在这时,晒金的时辰已到,天上一道白光下来,老神仙与所有金子一晃不见了踪影。金牛与金鸡呢,因为被恶棍财迷拉出晒金圈外,错过了时辰,再也无法上天入仙界,只好钻进山里躲了起来。那个恶棍财迷呢,偷鸡不成蚀把米,还差点送了命。这真是"好有好报,恶有恶报"。

从此以后,金坑岭有金牛金鸡的传说一直传到现在。

讲 述 者:张天元
记录时间:1993 年 10 月 26 日
记录地点:上山村
整理时间:2020 年 2 月 26 日

金 鸡

金坑岭东边一座小山脚下的一块大岩石上有一双金鸡爪印，旁边还有一个深丼。据说，这是当年神仙在金坑岭头晒金时飞下山来的那只金鸡的窝。金鸡三百年一现，每次都在八月中秋那天正午出来寻食。

不知何年何月，金坑岭有金鸡的传说被一个在蓬莱山修道的半仙知道了。他掐指算出金鸡就在这年要出窝来觅食了。这一年中秋的前一日，半仙假扮成一个讨饭的老头，背上他早已准备好的一袋"百年谷"，千里迢迢来到金坑岭脚村。半仙想在金坑岭脚村借宿一晚，第二天再等时辰找金鸡。不料，他走遍全村，竟然无一户人家肯收留他这个背讨饭袋的过夜。半仙没有办法，只好瘪颠瘪颠地向村外走。摸黑走到村头，有一户破屋人家门开着，灯也亮着。半仙硬着头皮刚要乞求，门里走出一个十六七岁的后生，一把搀住他说："天这么黑了，我们这里附近又没有村了，你老人家就在我家过夜吧！"

原来，这个小后生叫有善，从小没爹没娘，家里只有爷爷与他相依为命。祖孙俩平时以种菜为生，日子过得很清苦。祖孙俩都是乐善好施的人，特别对过往金坑岭的有难行人不是慷慨解囊，就是倾力相助。六月夏天，祖孙俩还常常挑"六月雪"茶水去岭头施茶,山里山外的人都知道这对祖孙是大好人。这一天是阴历八月十四,祖孙俩刚从地里割菜回家,准备明日挑到城里赶十五集市上去卖,因此在路上看到听到这个老人挨家挨户乞求的可怜情景,特意点亮灯火开门等候老人。

第二日,天高气清,阳光普照,半仙早早起床,吃过有善端过来的早餐,也不道谢,放下碗筷就急急忙忙出门上金坑岭去了。到了中午,随着一声震天动地的雷响,万里无云的天空忽然乌云翻滚,大雨倾盆,真是乘兴而去,败兴而归。半仙回到有善家里一言不发,面对门外,唉声叹气,满面愁容,有善爷爷好言相劝也不顶用。雨一直下到午后,天气又是红日当头。半仙仰望天空长叹一声,也不道别,竟自出门而去,弄得有善祖孙丈二和尚摸不着头脑,但也并不怪他。

第二年,又是中秋节的前一日,半仙还是背着一袋"百年谷",走进了有善家。有善祖孙看见他又惊又喜,惊得是又是中秋相遇,喜的是有缘人又来,有善祖孙又是泡糖茶又是敲鸡卵,热情接待这个讨饭老人。半仙心中十分感激,口里却不言谢,嘻嘻哈哈,如到家中一般。第二天一早,半仙又不辞而别,上金坑岭而去。结果,天有不测风云,时至中午又是狂风暴雨不期而来,半仙垂头丧气回到有善家,又是三声不响,四声不应。有善祖孙以为天气不好难住了他,极力挽留老人明日再走。雨过天晴,半仙长吁短叹地又自顾自走了,有善祖孙看他可怜的样子,心里有些担忧。

日子过得飞快,转眼又到了第三年的中秋节,有善祖孙在中秋节前一日正在惦记说那个讨饭老人今年会不会再来。你说奇怪不奇怪，祖孙俩没有说完，讨饭老人手拄讨饭棒，肩背讨饭袋，果真又来了。有善祖孙心里虽然奇怪，但手脚却毫不怠慢，搬凳沏茶，问长问短，半仙眉开眼笑，很是舒心。真是无巧不成书，第二天如前两年一样，偏偏在正午时分又是风又是雨。这天午后，云开雾散，半仙到有善家，从肩上拿下讨饭袋对有善说："世上凡人待客大都三天新鲜，四天厌倦。你祖孙二人菩萨心肠，人间少有。不瞒你们，我是专门来贵地寻宝找金鸡的。天意难违，命中注定我无缘得此金鸡，今传给你我的'百年谷'一袋，待明年中秋日正午，如遇日头当空，定有金鸡从鸡窝丼中飞出，到时拿出百谷袋中一粒谷引它，金鸡便会跟你回家。千万记住，每日只可喂一粒谷。"说完，半仙头也不回腾空而去。

第四年，果真如半仙所说，有善拎着"百谷袋"，悄悄守候在金鸡窝丼边，在中秋之日正午时分，只听得一阵扑翅声响，一只金鸡点头晃尾走到了有善的跟前，有善忙用一粒"百年谷"喂它。金鸡啄吃了"百年谷"，望着"百年谷"袋，跟着有善到了家。有善祖孙谨记半仙的话，每日只喂一粒"百年谷"。金鸡呢，每日下一枚金光闪闪的金蛋。

有善祖孙虽然得金鸡积金蛋，但他们仍旧生活俭朴，依旧上山施茶，照旧救困济贫。很快，有善遇仙得金鸡的事传到了附近一个赌博佬耳朵里，这个猪生狗养的赌博佬平日吃喝嫖赌，偷鸡摸狗，坏事做绝，又欠下一屁股的赌博账。听到这等好事，他岂能错过。一天半夜三更，他乘人不备把有善家的"金鸡"和"百年谷"袋给偷了。赌博佬把金鸡偷到手里,把整袋"百年谷"都给金鸡吃,以为金鸡一天吃一粒生一个金蛋,一天之内吃一袋肯定能生一屋金蛋,这样就神不知鬼不觉了。不想,高兴过头,跌破钵头。金鸡吃完一袋"百年谷"后,金蛋如滚石一样不断堆积,不一会儿便把房子压倒,赌博佬被压死了,金鸡也飞走了。

据说,金鸡又飞到了金坑岭的金鸡窝里,只是从此再也没人见过金鸡现身了。

讲 述 者:张天元
记录时间:1987年9月3日
记录地点:上山村
整理时间:2020年2月27日

上山乌龟与下山乌龟的来历

金坑源西侧,有一巨岩在缓坡上隆起,有头有背,极像一只向山上爬行的巨大神龟,而北岸恰好也有巨岩,似一只正在下山的乌龟,形成一上一下的奇景。谈起它们的来历,有个传说十分离奇。

据传,唐朝天宝年间,朝廷要在原东汉时的丰安地盘上恢复建县。县基选在哪里呢?朝廷派了一个能看风水的钦差大臣前来勘察。这个钦差大臣还很"用心",从杭州乘船过钱塘江到浦阳江,一路来到原丰安地界便弃舟上岸,说是沿途入乡问俗,察看民情,实质想以选择县基为名搜刮民财。

丰安复县选县基的音讯很快传遍了古丰安,此事也传到了杭口坪和古丰安县基的水口镇守乌龟的耳朵里。两只乌龟都知道钦差大臣的心里是怎么想的。于是,它们为了拉拢钦差大臣,争夺县基,为自己能升级上位不约而同变化人形,千方百计接近钦差大臣,使出浑身解数,向他推荐各自所居的"风水宝地"。杭口坪水口镇守乌龟是个能把水鬼骗上岸、能把城隍骗起身的货色,它对钦差大臣说:"杭口坪虽然没有丰安县原县基那么大,但它是只金盆形胜,北有麒麟山,西有凤凰山,东边金坑岭,南边金竹坑,前有壶源江'天子杆回头'的风光,后溪又有'美女照镜'风景。特别是杭口坪是'山里外乡',居高临下,退可守,进可攻,实在是吉祥的福地、难得的阳基,新县基非杭口坪莫属。"

杭口坪水口镇守乌龟把杭口坪吹得天花乱坠,满地是金,钦差大臣听得心花怒放,哪里还听得进古丰安县基水口镇守乌龟的说辞,马上让杭口坪水口镇守乌龟带路,恨不得立刻爬上金坑岭去抓金鸡,到杭口坪去看"美女照镜"。钦差大臣的大轿一路鸣锣开道,前呼后拥,威风凛凛。快到正午时分,刚好赶到金坑岭脚,钦差大臣走出官轿透透气,准备上山过岭。这下可把古丰安县基水口乌龟给急了,拼命拉住钦差大臣,说杭口坪怎样不好,大骂杭口坪水口镇守乌龟是个骗子,说得钦差大臣耳朵皮发软,半信半疑起来。眼看就要大功告成,岂容他人给搅黄了?杭口坪水口乌龟于是与古丰安县基水口乌龟大吵大闹起来,它们的争吵声惊动了天上的玉皇大帝。玉皇大帝立即用照妖镜一照,才知道是两只乌龟精在扰乱人间,马上派天兵天将下凡来收拾。

两只乌龟情知不对,慌忙现出原形,夺路而逃,但为时已晚,杭口坪水口乌龟刚上山没逃出多远,古丰安县基水口乌龟刚回头想下水逃命,天兵天将便使出定身法把它们都化身为石了。从此,这里一只想下水逃,一只想上山逃的两只乌龟,永远被定身在金坑岭,成为人们谴责自私自利的笑料和话柄。那个钦差大臣呢,因为两只乌龟现出原形受到了惊吓,不久也一命归天了。

讲 述 者:张天元
记录时间:1987年7月13日
记录地点:上山村
整理时间:2020年2月28日

借金牛,耕金坑

从金坑岭头看,对面山形正如一头巨牛凝视着金坑岭,一副心犹不甘的神态。传说,这头金牛是楼相公从天上借来耕金坑岭的,只因下凡结果得非所愿,便化身为山,留在了人间。

传楼相公学法成为半仙后,常外出云游四海。他每次经过金坑岭,心情总是十分沉重,因为浦江山区挑出土产、挑进石灰都必须经过既长又陡的金坑岭,常有人犯瘀而死,百姓苦不堪言。其实,金坑岭就在浦阳江与壶源江之间,一岭之隔,造成了不知多少人间悲剧,留下了不知多少人间遗憾,这让以助人为乐的楼相公寝食难安,心里老是在想,如果能在金坑岭开出一条沟,把壶源江与浦阳江连接起来,岂不是可以撑排行船,方便行人啦?

有一天,楼相公忽然想起当年大禹治水疏通河道曾得神牛相助,便忖出一个奇思妙想来。当晚,他对母亲说:"今夜无论如何不能在我睡梦时惊动我,更不能叫喊我的名,千万千万记住。"老娘不知儿子有何大事,也不问就一口答应下来。到了半夜子时,楼相公上天到玉皇大帝那里去借了一头金牛,他要从浦阳江开始耕出一条经过金坑岭到壶源江的沟来。楼相公用劲扶犁,金牛用力耕沟,一路很是顺利,不到两个时辰便耕挖到了金坑岭脚。不承想,从此开始山体都是坚硬的岩石,金牛再用力,楼相公再用劲,就是快不起来,急得楼相公大声吆喝,催促金牛。就在这时,楼相公的母亲听见儿子大喊大叫,以为出什么事了,赶紧起床到儿子房里看个究竟,但见儿子在床上手舞足蹈,满头大汗,还不停地边喊边哼,两只眼睛睁得像灯笼,样子十分吓人。老娘见此情景,哪里还顾得儿子交代过的话,慌忙连呼儿子的名字,边叫边摇。楼相公被喊醒,金牛失去犁手只得在金坑岭脚停下。就这样,这条沟从浦阳江到金坑岭脚就不能再耕到壶源江了。

不过,楼相公的愿望终于在现代被实现了,山区除了交通便捷畅行,随着20世纪80年代的西水东调工程,壶源江的水系通过隧道与浦阳江水系连在了一起,为浦江人民的幸福生活做出了贡献。

楼相公呢,因为借金牛耕金坑,虽然没有成功,但他的事迹与精神却感天动地,玉皇大帝敕封他为神。百姓为报楼相公的恩德,便把他成仙后的肉身葬在金坑,并在金坑岭东面仙华山脚下建"楼相公庙"塑像祭祀,历代《浦江县志》都记载传颂他。宋朝时候,朝廷闻报楼相公利民事迹在民间广为流传,敕封楼相公为"乡利侯",永享民间香火。

讲 述 者:张天元
记录时间:1987年7月13日
记录地点:上山村
整理时间:2020年2月29日

登高山景区传说

登高山(登高村)简介

　　登高山位于仙华风景名胜区东北面,顾名思义,是个可以登高望远的地方。清乾隆、光绪《浦江县志》载:"登高山突起众峰间,高百余丈,宋儒吕祖谦与朱熹等人九日登高于此,人景仰之,故名。"该村建于此山下,以山得名。

　　登高山村原属七里乡,2001年撤销浦阳镇、七里乡,以原浦阳镇大许办事处与七里乡合并设立仙华街道,登高村归入建制。现有近200住户,600人口。村有三条路似云间飘带,环绕山腰,从东、西、南分别通往外界。2016年,登高村被住房与城乡建设部列入第四批中国传统村落名录。

登高村风光秀美，有浦邑庠生赞之为"左清泉右仙华，前宝掌后八尖，山峙其中，如磐石然。而峻岭之侧泉水潺潺，出于两峰之间，不殊桃花源，斯固隐者之所"。

建于明代的登高山村古祠堂坐北朝南，六进三开间，形成气势恢宏的古建筑群。该村祠堂依地势而建，前低后高，楼层高低相间，错差有致，富有层次，布局奇特，规模宏大，营造技艺精湛，堪称浦江民间建筑奇观。更有明代兵部尚书许宏刚等名人所撰对联，文化内涵丰富，品位独具。据传，登高山村原名皋山村，以赵氏为主姓，系宋朝赵匡胤一脉后裔南渡时隐居于此，有"大宋皇裔村落，宗臣嫡派门楣"之称。

登高山村东北侧的蓄水池，堪称古代"甘泉工程"，村民称之为"下水井"，终年泉水不断。其蓄水从一公里外以石槽引入村内，连建蓄水池分为上、中、下三口，上供饮用，中供洗涤，下供荡污，分池专用。其分级处理的科学设计匠心独运，令人叹为观止。

登高山村周围更有远古石刻群，似文非文，似图非图，神秘莫测。早在宋代，文学家方凤就已关注它的存在，曾作诗曰："遥岑谁画卦，置此荆山鼎。"现代考古专家考证认为，巨石图像世所罕见。佛堂岭古道具有八百余年的历史，历代名人题咏颇多。尤其是佛寺殿堂众多，名不虚传。

凤凰山的来历

　　登高山村头东边有座山叫凤凰山。传说，它与轩辕黄帝的一只金鸡有关。

　　传说，当年轩辕黄帝巡视江南，在浦江北山修身炼丹，往返于安徽黄山，浙江天竺山、仙都山。黄帝在北山时，有青猿、白猴为他护丹守洞，并有一只金鸡紧随左右，为他报晓。黄帝得道升天后，成了神国中的最高统治者——玉皇大帝。黄帝不仅一统神国仙界，也一统鬼国妖界，他的大臣后土便是鬼国的王。那些游荡在人间的鬼，黄帝就叫神荼和郁垒两兄弟去管辖。这两兄弟虽然精通法术，但还是管不了这么大地盘上的众多游魂野鬼。结果，两兄弟白天去管束，夜里成了游魂野鬼的天下，为害人间；夜里去管束，白天成了游魂野鬼的世界，兴妖作怪，弄得人间鸡犬不宁，人心惶惶。神荼和郁垒无法，只得向黄帝告罪辞职，恳求另请高明。黄帝想来想去想不出更好的人选，便命金鸡去协助管束那些游魂野鬼。黄帝对金鸡说：你跟随我在黟山、北山、缙云山、东海来回巡视修真，劳苦功高。如今江山虽定，但需稳固，命你居住北山东侧，协助神荼和郁垒管理白天，那里还有一头犯了天条而被打下凡间思过的神牛，一来你熟识那里，二来可监督它，三来那岭全是岩石，气势不凡，你站在那岭顶发号施令,定使游魂野鬼俯伏听命。

就这样,金鸡遵照轩辕黄帝之命在此安居下来,一边监督神牛,一边协助治理游魂野鬼。当天色将亮,它就上岭鸣叫,召集四方游魂野鬼的头儿们到岭后的鬼报到。这时,神荼和郁垒威风凛凛地从东海来检阅,那些形形色色、大大小小的鬼自报各自的管下有无犯罪行为,守法的奖,犯法的罚。从此,鬼只有在夜里可以自由活动,金鸡一叫,就得各伏藏所。

后来,金鸡功成名就,得道成了凤凰,人们便把金鸡镇守过的山叫凤凰山,并一直沿用至今。

从此,天下的公鸡都跟着在早晨啼叫了。

讲 述 者:任文灶
记录时间:1993 年 9 月
记录地点:登高村
整理时间:2015 年 7 月

帝子坐镇天子山

"头戴紫金冠,脚踏擂鼓山。东边黄罗伞,西边大旗幡。南溪阁带水,北山八角尖。"这首浦江民间传颂仙华山的千古民谣,说的是一个动人的轩辕帝子传说。

轩辕黄帝南巡后,南方得到了前所未有的治理和发展。但社会还不十分稳定,时常会有动乱和洪灾发生,百姓不能安居乐业。轩辕黄帝很是焦急和忧虑,早想派干将前去治理。可是这个苦差事派谁去好呢?轩辕黄帝一时想不出可以既能吃苦又能服众的人选,想来想去还是认为派亲生儿子渊龙去最合适。一来去看看妹妹元修在天子山生活得如何,二来作为帝王家,身先士卒可以服众。于是,轩辕黄帝就派儿子渊龙到天子山治理南方。

轩辕帝子渊龙得令,不敢怠慢,当日点起兵将,辞别父母,风风火火从北方赶到南方,驻扎在仙华山东面登高山,与妹妹元修为邻。

轩辕帝子渊龙见天子山一带在妹妹元修的长期治理下莺歌燕舞,万姓胪欢,民康物阜,安居乐业,但在南方其他许多地方的百姓还深受洪涝之苦、土霸之害、身不保命、衣不蔽体、食不果腹的人不计其数,渊龙心里很是难受。因此,帝子不分昼夜,率领兵将开掘河道,疏通洪水。为了除暴安良,他日夜带领随从在练武坪练武强兵,不时远征除暴。经过渊龙多年以天子山为中心的洪水治理和东征西讨,南方终于得到大治,社会文明进步极大。

渊龙母亲是轩辕黄帝的妃子,她多年不见儿子,十分思念,又闻知儿子渊龙没日没夜地操劳,十分心痛,怕累坏身体,便向轩辕黄帝求情,召儿子火速回都复命。轩辕帝子此时正干得起劲,忽报有使者来宣他速返都城,他不知有何急事,慌忙点起兵将,匆匆应召回都。

回到都城，母亲早在等他，渊龙这才知道是母亲思念他，担心他累坏身子，向轩辕黄帝求情召他回都的。渊龙说："今非父命真意而归，深为不妥。况那里还有许多的事需要我去做，妹妹元修也有许多的忙需要我去帮，那里的百姓也一定在盼我早日回去完成大业，让他们永享太平。再说，黄罗伞、大擂鼓、大旗幡、紫金冠、玉带都还在天子山一带，这些都是父皇赐予的宝物，是不可遗失的。"说完意欲马上返回。

母亲好不容易召儿子回都，哪里肯放儿子再去南方边远地区，忙拉住儿子说："父皇那里自有母亲去说，那些宝物就留在民间作个纪念吧。"

帝子正一时无言以对，有使者来报，说轩辕黄帝又有重任赋予，渊龙无法得脱，只好听命遵从。

就这样，轩辕帝子遗留在天子山的宝物黄罗伞、大擂鼓、大旗幡、紫金冠和玉带日盼夜望，终无主人音信，好比黄鹤飞去，一去不返。它们日长夜大，终究盼主无望，便变成了一座座山峰，就成了现在仙华山景区的黄罗伞、大旗幡、紫金冠、大擂鼓诸峰的山形峰状，那玉带便成了今日的这条浦阳江了。

讲 述 者：方贤盛
记录时间：1993 年 5 月 19 日
记录地点：仙华村
整理时间：1993 年 5 月 20 日

白 麻 雀

很早以前，登高山有一种麻雀是白色的。传说，它是轩辕帝子渊龙点化而来的。

当年轩辕帝子渊龙受黄帝派遣，与妹妹元修一起镇守江南天子山，元修在西，渊龙在东，兄妹首尾相顾，相互依靠。

一连几年，妹妹元修传授种桑纺织，哥哥渊龙治水除害，江南一带天下太平。岂料自从轩辕黄帝离开北山，金鸡得道成为凤凰后，躲在登高山的一只千年麻雀乘机兴妖作怪，占山为王，每日集聚成千上万的麻雀，到登高山一带糟蹋损害百姓的作稷。

百姓面对无数麻雀祸害，束手无策，眼睁睁看着千辛万苦种起来的庄稼被毁，叫苦连天。轩辕帝子渊龙也没有什么好办法对付会飞的麻雀，派出去的军队一天赶来赶去，连毛都打不下一根。渊龙见硬来不行，便使用软法，他请妹妹元修用织布的技法，把山上的龙须草编织成又长又宽的条块面状，然后把收割来的农产品放在草垫上面，招呼麻雀们来吃。这样一来，麻雀们不用四处寻找就能吃到好吃的，便不再到田里去作践农作物了，而农民们虽然损失了一部分粮食，却保全了大部分农作物，真是皆大欢喜。麻雀精白吃了好几年，终于被渊龙仁爱宽厚、勤政廉明的精神所感动，被勤劳善良的农民们所感化。它决心洗

渊龙治水建丰功（潘永光绘）

心革面，帮助渊龙治江山平天下，号召登高山一带的麻雀们从此不再偷吃农作物，转而专吃农作物的害虫，让百姓过上好日子。于是，北山一带又恢复了太平盛世。

一天，轩辕帝子渊龙奉命班师回朝，在与妹妹元修告别时，特意向她讨了一块雪白的丝织布料，亲自赐给改邪归正的麻雀精。

麻雀精非常感激轩辕帝子的宽容大度，也十分珍视这块白色丝织布，天天把它披在身上，以示不忘恩德。天长日久，麻雀精全身的羽毛也慢慢变成了白色。从此，登高山一带便有了白色的麻雀后代，这种白麻雀从不偷吃作物，而是专吃害虫的。这种白麻雀一直到现在还生活在仙华山一带呢。

传说，后世的草编草席和竹编皮垫也就是从此产生的。

讲 述 者：任文灶

记录时间：1993 年 9 月 25 日

记录地点：登高村

整理时间：2015 年 8 月 14 日

练 武 坪

登高山村附近山坡有一空旷平地,俗名"大地",别名"练武坪",传说是轩辕帝子渊龙当年在登高山时的练兵场。这里为什么会成为轩辕帝子的练兵场,原来是个传奇故事。

有一天,轩辕帝子渊龙正在绕营巡视,忽听猴群一阵阵"吱,吱"尖厉的声音从不远处传来。这一群猴子里面有两只老猴、十几只小猴,它们像在戏耍,又不像在戏耍。渊龙心里十分好奇,可又怕惊动它们,所以还是退了回来。第二天,渊龙为探个究竟,埋伏在事先选择好的便于观察的地方。还是那个时间,猴子们果然又如期而来。这一回,渊龙看得一清二楚了,原来是老猴在教小猴如何打架。一连好几天,都是如此,看得渊龙是茅塞顿开,连连称奇,暗暗佩服老猴的功夫。渊龙深受启发,等老猴带小猴们离开此地后,他马上效法老猴,召集兵士到这块"大地"上,把这段时间老猴所"教"的猴拳,演练给他们看。然后让兵士学习猴拳的一招一式,将之演变成擒拿格斗,提高战斗能力。

从此,这块"大地",也就多了一个新名字——"练武坪",一直叫到现在。

讲 述 者:任文灶

记录时间：1993年9月25日
记录地点：登高山村
整理时间：2020年3月1日

画　卦

　　登高山村有"天书"，就是史前石刻，分布在村庄周边方圆数公里内。一块块巨石上镌刻着各种似文非文、似画非画的符号图案，或像"眼睛"，或像"牛蹄"，或如波浪纹样，或如几何图形，数量众多。宋代仙华山下著名文学大家方凤曾作《卦尖望鼎》诗提出这个历史之谜："遥岑谁画卦，置此荆山鼎。乍可姹女飞，千秋觇溟涬。"说这些画卦是谁刻的，鼎又是谁置的？可惜仙华姑娘已升天几千年了。只有拨开云雾才能看得清。明代学者叶化醇，也曾在登高山扫石观察研究"天书"，并作诗发过感叹："胜日登高爽气清，此山原为有仙名。菊逢令节开千遍，酒泛东篱醉自醒。扫石独吟三径回，凭虚一望九曲轻。稽山庐岳风流远，自古诗人共此情。"

　　古代，卦是象征自然现象和人事变化的一套符号，供占卜用。卦影是卜卦时画的图形，亦指此种卜术。按方凤先生的诗说，登高山石刻"天书"的上古密码是"卦"。那么这"卦"是谁画的呢？传说是轩辕帝子渊，龙的"杰作"。

远古石刻如谜题

传说,轩辕帝子渊龙文能记事,武能举鼎,能征善战,是轩辕黄帝的得力助手。他尤好夜观天象,把当年在薄刀弄破译的天书内容与他在皋山村所观察到的星辰变化与卦象占卜相结合,独创了一套排兵布阵图。如圆形符号代表太阳,代指白昼;圈中加点,暗指黑夜;弧线带点,是指星辰位置。为防止失传,他把这套"阵图"刻在东皋山营地周围巨石上,每一块巨石上磨刻一种卦象,每种卦象内藏一种天机玄理、兵法战术,这是世界上第一部"兵书"。

可惜的是,天上日来月往,星移斗也转;地上物是人非,事过境也迁。现在这些巨石岩画早又成为"天书",没人再能解读玄理、破译密码了。只有等待天才再现,让"天书"内容大白于天下。

讲　述　者:任文灶
记录时间:1993年9月25日
记录地点:登高山村
整理时间:2020年3月1日

石宕峡谷景区传说

石宕峡谷(道光村)简介

　　石宕峡谷在登高山下,东临宝掌山,源深约三公里。峡谷两边岩壁犹如斧砍刀削。千姿百态的峭峰,雄伟俏丽,粗犷幽邃,可谓峭壁多奇峰。东岩有高约13米、形似和尚拜天庭的披袈僧石;有五石如仙就座的"仙人宴";西岩有相扑石、展旗峰、紫金冠峰等;溪边的仙桃石、千斤担石;两岸的寺庙、奇洞等人文与自然景观赏心悦目。

　　道光村,距县城四公里,地处仙华山脚下,西北临仙华温泉,东北近宝掌禅寺。道光口村中有上方古村遗迹,文化内涵丰富。村以境内有道观(道光)殿得名。道光殿曾数易其名,且为古代官方所有,颇值得研究。

明嘉靖《浦江县志》载:"广福观,去县东北八里,宋大中祥符中建。"清乾隆《浦江县志》详载其史:"广福观,去县东北八里,旧名仙华,宋真宗大中祥符中道士项得一重建,英宗治平中改寿圣,后改今额。宁宗开禧时李守约重修,元世祖至元十四年黄得升重建,明太祖洪武二十四年归入太极宫。观内有昊天玉皇上帝之殿,八字额系宋蔡京奉敕题。"

据史载,北宋大中祥符二年(1009),宋真宗诏令天下建天庆观。故张蒙在《重修仙华观记》中曰:祥符中,敕下诸处名山洞府,所有经坏宫观,并仰载崇。如名山洞府无者,仍许诸民舍地建造,悉以天庆彰号。当时是邑有观曰"仙华",一钟兴废,几易流光,鹤焰升沉。说明"仙华观"前身辉煌而沧桑的历史。特别是他在该记中的"鼎湖之花叶不衰,石井之云容常起"句,与南宋方凤"遥岑谁画卦,置此荆山鼎",元吴莱"一掌嵯峨是玉京,连峰欲向鼎湖倾",明代张应沛"花竹日新人已老,湖山如旧我重来"的广福观诗句,都有关于鼎湖的传说印证。根据现代研究,凡黄帝驻跸和修炼处,必有祠宇立像以祭之,必有鼎湖遗名以记之的黄帝文化现象规律,这为解开广福观旧名仙华,仙华前身是轩辕的道光殿历史之谜提供了证据。

仙华山脚天子地

浦江民间历来有"先有上方,后有浦江"之说,一则说明上方建村历史之悠久,另则表明上方乃是非凡之地。那么,上方究竟地处浦江何方?据传,在仙华山脚天子地,即今仙华街道道光村一带,道光村中至今依稀可见遗迹。

传说,古时这里山环水抱,古木参天,其地形地貌恰似一条戏水游龙,北山紫金冠如昂首龙头,尾扫西南,如护上方。而浦江一首千年传唱不衰的民谣"头戴紫金冠,脚踏擂鼓山。东边黄罗伞,西边大旗幡。南溪阁带水,北山八角尖"更对这景物天成的皇家气象进行了高度的概括和赞美。于是,上方一带自然而然成为人们眼中的"风水宝地","仙华山脚天子地"也就顺理成章为浦江民间的一种美谈。

那么,这仙华山脚天子地到底是谁先发现的,又是谁先入为主的呢?民间传说是五千年前的中华民族始祖轩辕黄帝。当年,轩辕黄帝南巡到古浦江,在桐君子的推荐下入驻古浦江北山。轩辕黄帝是中华民族文明始祖,他不仅是伟大的政治家、军事家、思想家和发明家,也是优秀的地理学家。因此,轩辕黄帝对风水学颇有兴趣与研究,道行很深。上山文化遗址表明,古浦江是上古中国南方繁荣与发达的地方,轩辕黄帝之所以选择古浦江,或许这是重要原因之一。既然来到古浦江北山,轩辕黄帝首先考虑的是找到安全地带和如何融入民间,把行宫建造在最合适的"风水宝地"。

一天,轩辕黄帝带着左侍右卫,从北山仙人洞走下山来,察看地形,走到一片空旷高地,但见此处非山非畈,在平原中有居高临下之势。尤其是此地北有龙形靠山,南有缓坡掩护,更是前有水道可走可取,后有山湾可退可进,是一处绝佳的军事战略要地,既有利于驻军,又便于接触当地黎民百姓。于是,轩辕黄帝决定在此修建行宫。从此,仙华山就有了龙脉形胜的说法。又由于轩辕黄帝在此驻跸过,"仙华山脚天子地"也就这样一直在浦江民间流传至今。

轩辕黄帝是个有道明君,他建造行宫,一不扰民,二不大兴土木,而是就地取材,在附近开采石头作为材料来营造简陋的行宫。而且,轩辕黄帝对开采石料地也进行了考察研究,最终选择在一处不仅石质细而坚,又能改善当地百姓进山道路的地方进行开采取石。从此,这里便成为浦江历代采石场。浦江民间称采石场为石宕,后来的"石宕村"村名就是这样来的。

讲 述 者:张世杰
记录时间:1981年8月
记录地点:石宕村
整理时间:2016年6月
流传地区:浦江各地

钟 鼓 石

　　仙华山景区有奇峰妙洞,秀水甘泉,日有佛光,夜有仙影,还有许多灵石居奇。仙华山少女峰东面登高山村下的仙人洞边就有一块击之有钟鼓之声的灵石——钟鼓石。据传,仙华山仙人洞有两个出口,一个在仙华山西面,一个在仙华山东面。

　　千百年来,浦江民间流行着这样一个传说:

　　当年黄帝南巡驻跸在浦江北山仙人洞里,闲时要么召桐庐名医桐君子谈论药理医道,要么弹琴击鼓研究音乐。琴鼓架在一块石头上,那架琴石不像几千年后的今天这般样子,那时的它遍体有小孔,看上去玲珑剔透,它的色泽也是五彩缤纷,非同寻常,是一块难得的灵石。黄帝每次弹琴时,它总是随着那或悠扬婉转的琴音,或雄浑刚劲的鼓声,时而如在侧耳谛听,时而如在合拍应节。

　　天长日久,架琴石在仙乐神曲的熏陶感染下,居然能模仿琴音鼓声,奏出黄帝弹琴击鼓的曲调了。

　　有一天,黄帝与浮邱子、容成子等近臣及桐君子从仙都山归来,走到石宕口,听到仙人洞东出口方向山里传来十分熟识的美妙乐曲。黄帝想,除我之外,没人会弹这曲调,莫非仙人洞里来仙人了。黄帝十分惊奇,吩咐侍从们快去看个究竟。

天生一个仙人洞

众人一到洞口，琴音鼓声忽然停止了，走进一看，并无一人，大家七嘴八口，东猜西猜，总是猜不透。黄帝想，莫非是这块架琴石有灵?!

众人都说十之八九是这块架琴石了，这里既无仙，又无神，非它莫属。为了证实这奇事，黄帝命众人退出洞口，走到山下一试，那琴音鼓声果然在山谷中又响了，回荡起来更有一种妙不可言的韵味，听得黄帝君臣们个个称奇，人人说妙。

既然灵石有灵，作为一块架琴石实在太冤枉了，于是黄帝把它与琴鼓并列一边。自此，黄帝弹琴击鼓，灵石发声应和，配合相当默契，仙人洞里增加了无穷的乐趣。

后来，黄帝道行修炼成功，乘龙升天而去。附近宝掌山有只狐精知道后要偷去做伴，无奈灵石在仙人洞里轻巧可动，一出洞口，便重如山体，狐精哪有如此法力，只搬出洞口不足几百米，便体力不支，无可奈何，只得放下作罢。

灵石在露天受凡尘侵蚀，灵孔慢慢封闭，色彩逐渐退化，所以成了现在这个样子。只有当人用力击它，它才会发出沉闷的琴鼓之声，因此后世的人们叫它为钟鼓石。如若不信，请君去登高山下击石试一试，听一听它那神奇美妙的音韵。

讲 述 者:方小苟
记录时间:1993 年 9 月 25 日
记录地点:仙华村
整理时间:2015 年 7 月

先有上方,后有浦江

清代光绪《浦江县志》载有德政乡一都上方村名,而浦江民间历来有"先有上方,后有浦江"之说。那么,上方村究竟是怎么回事,有传说为证。

话说轩辕黄帝当年携夫人嫘祖,带女儿元修,有徽雷等一群文武大臣随从南巡到古浦江。轩辕黄帝坐镇古浦江后,一边派人整治地方,一边考察地理,建造行宫于北山脚下一处高地,大队人马于是驻扎于此。很长一段时间,由于轩辕黄帝行宫的存在,这里便成为方圆几百里名声显赫的地方。

轩辕黄帝此次南巡获得丰硕成果后,班师回都的日子也就确定了下来。一天,轩辕黄帝正在行宫整理行装,小女元修进来禀告说要终身留在北山修身炼丹,继续为当地百姓尽教化之职。

轩辕黄帝很为女儿的奉献精神所感动,便同意了元修的请求。但元修毕竟是轩辕黄帝最疼爱的小女,怎能放心得下女儿单独留在远离大都之外。南方虽经强化吏治,百姓始能安居乐业,社会方得风平浪静,但终究乱世初定,风云不测,安全难以保证。

轩辕黄帝正在犯愁,方雷进宫前来献策:"吾帝勿忧,吾儿既为亲家之属,理当留下,一为留守行宫,二为保护亲人,一举两得。"

轩辕黄帝闻言转忧为喜,即刻传令方雷之子留守行宫,协助治理地方,保护元修等人安全。

方雷是炎帝神农氏十一世孙八代帝榆冈长子。黄帝讨伐蚩尤时,雷因协助平定四方有功被授予左相之职,并受封于方山,后称为方雷氏,子孙以地为氏,分为雷姓和方姓。轩辕黄帝娶方雷之女为妻,与方雷成为姻亲,方雷故挺身而出,请求儿子留守于此。

轩辕黄帝回都后,方雷之子谨遵帝命,恪守职责,美誉可嘉,得到当地百姓的赞许。正因为方雷子与附近百姓关系甚为融洽,后来与当地女子结成了美好姻缘,并在此繁衍子孙。

就这样,方氏枝繁叶茂,世代相传,此地逐成古浦江最大的家族村落。其地也因后人都姓方,且来自皇亲国戚的贵族直系,故称村名为上方。北宋初年,桐庐方景傅来游浦江仙华山,始知上方乃是祖地,且风景秀丽优美,遂择上方之邻,迁居于其下之后郑(即今方宅村)。

如传所说,上方建村至今已有五千年的悠久历史了,难怪浦江民间有"先有上方,后有浦江"之说了。

讲 述 者:方小苟

记录时间:1987年8月

记录地点:仙华村

整理时间:2016年6月

抬花轿风俗的来历

汉族讨亲嫁囡都有抬花轿的习俗。传说，最初这是由嫘祖在上古浦江定下的规矩。

有一天，轩辕黄帝与嫘祖一行到古浦江一个村坊视察民情，刚到村口，忽听村里哭声骂声喊救声乱作一团，不知发生了什么大事。进村一打听，原来是一伙人在抢亲。但见抢亲的大约有十几个身强力壮的人，其中几个人在推开阻止抢亲的村里人，几个人在生拉硬扯一个姑娘，强行向村外拖，看那架势，没人可以阻止得了的。那姑娘又哭又闹，对抢亲的人十分憎恨。嫘祖实在看不下去了，对轩辕黄帝说："这些人太野蛮了，我们应该马上出手救下这个姑娘。"轩辕黄帝说："这是这一带的婚姻形式，是种普遍现象。只要势力大的家族看上一个势单力薄家族的漂亮姑娘，就可以不问情愿不情愿，说抢就抢。"嫘祖说："这也太粗俗、太霸道了，我们不能让这种陋习延续，危害百姓，造成民间动荡。"轩辕黄帝说："那此事就交给你管了。"

于是，嫘祖带领卫士追上抢亲的人，把正被强行塞进一个笼子里的姑娘给救了出来。原来，这种牢笼形架子是这一带专门用来抢亲的。它在民间像幽灵一样躲躲闪闪，不能光明正大地出现,所以人们把它称为"幽篮"。嫘祖救下这个姑娘后,立即令书使文官颁布了一道法规,规定今后要在全天下不准再抢亲。为了营造喜庆欢乐祥和的婚礼氛围,姑娘出嫁,夫家必须用鲜花装扮"幽篮",必须用音乐伴奏助兴。从此,天下抢亲的行为不再被认为是正常的婚姻形式。

后来,人们忌讳"幽篮"的名称,把它改名叫"花轿"。再后来,随着时代的发展,花轿越做越精致,便成为我们后世所见到的这种花轿了。而在浦江呢,至今还保留着这种具有原始影子的"幽篮",人们还是俗称其为"幽篮"。

讲 述 者:方小苟
记录时间:1993 年 7 月 21 日
记录地点:仙华山
整理时间:2020 年 2 月 19 日

天 仙 塘

仙华山下有一大塘,据说是浦江县内第三大塘。每当旭日东升,仙华山峰倒映塘中,山光水影,十分清丽,所以它得了个"天仙塘"的雅号,村亦以塘而得名。美丽的地方必然也有美丽的传说。这天仙塘,传说是轩辕黄帝少女元修的一块镜石变化而来的。

山水一色天仙塘

　　上古时代没有镜子，人类只能在静水中观望自己的倒影、梳理头发、整理衣冠。后来，轩辕黄帝首创掘井为镜，既方便人们取水饮用，又解决清洁安全问题，更因水面清澈平静，倒影效果特好，人们从此逐渐流行以井为镜。轩辕少女元修呢，从小聪明过人，耳濡目染她父亲兴文字、创医学、制乐器、造战车的过程，也积累了许许多多的知识，所以对各种事物的产生与发展都十分感兴趣。

　　有一天，仙华七姐妹带着药丹，下山到仙华山脚下不远的一个村里，去给一个老婆婆看病。这个老婆婆无儿无女，生活难过，又疾病缠身，非常可怜。仙华七姐妹知道后，时常下山为老婆婆送衣送食、问寒嘘暖、医病治痛。这一日，老婆婆托人传话给仙华姑娘，说她的病痛没了，力气有啦。亏得仙华七姐妹的情义感动了村里人的心，许多邻舍隔壁的人争抢来照顾她，使她餐餐热汤热饭，衣食无忧，日子非常阔活。因此，她托信叫仙华姑娘从此勿再带粮送食,空手来看看她就行啦。话虽如此,仙华姑娘还是放心不下,便叫上姐妹们一起来看望老婆婆。

这一天秋高气爽。仙华七姐妹结伴同行,嬉笑之间便已到了村头。没想到老婆婆早已在村头,稳稳坐在路口一块大石头上等着她们。元修抢先一步,搀起老婆婆进村。老婆婆起身不自觉地拍了拍衣服,又拍了拍那块石头。元修无意间发现这块大石头好奇怪,但见它有一米多高,闪闪发光。老婆婆说:这块石头比这个村还早,蹬在这里不晓得多少年了。村里男女老少都喜欢在这块石头上坐上一坐。元修见这块石头表面虽然不是很平滑,却能隐隐约约照出人影。元修灵机一动,悟出一门心思。她想,这块石头分明是块宝石,如能磨光平面,必能清楚照出人影。这样,村里人就可以在此照影打扮了。她把这一想法告诉六个姐妹和老婆婆,大家一致赞同不妨一试。于是,老婆婆招呼村里人一起来打磨石头。仙华七姐妹与村里人寻来各种石料打磨,用了七七四十九日,终于把它打磨得与水面一样光亮,人像照影比水面更平稳清晰。消息传开,人们争先来照,纷纷称赞仙华是个既善良又聪明的姑娘。后来,又有人发现,这块石头竟然能照出仙华山,人们都说这是轩辕少女的修身道行感动了天,这是天眼开了。就这样一传十、十传百,四面八方的人都来一睹奇观。

传说仙华升天后,这块宝石天天流泪,念念不忘仙华的知遇与再造之恩。天长日久,这块宝石日益下沉,泪水积满了洼地,慢慢变成了现在一个水塘。人们为了纪念仙华，便给它取名"天仙塘"，这个村也改名叫天仙塘，一直流传至今。

讲 述 者：任文灶
记录时间：1991年10月26日
记录地点：登高山村
整理时间：2020年3月20日

仙 桃 岩

　　石宕源仙人洞对面溪涧西边有一巨大岩石，两层楼高，形似桃子，俗称"仙桃岩"，但凡游人见之，无不称奇。岩边有"仙桃殿"珠辉玉映，一看便知此"桃"来历非同一般。

　　传说，元修与渊龙手足情深，一连数年，妹妹元修在仙华山修真行道，哥哥渊龙在东皋山练武保境，兄妹俩互帮互助，把古浦江一带治理得井井有条，百姓生活是芝麻开花节节高，一派欣欣向荣的景象。

　　一天，渊龙约请妹妹元修一起下山，到石宕源口去察看父亲走后轩辕宫的景况。轩辕宫虽然简陋，且已有时日，但结实牢固，在留守兵士的精心保护下，风貌仍旧。兄妹定时督察，每见轩辕宫完好无损，心中甚慰。这日也不例外，轩辕宫一切安好如初。渊龙和元修欣喜之余，在回程路上尽情欣赏如画的石宕源峡谷风光景色。走着走着，兄妹俩来到了石宕源仙人洞下，正想折转过溪，去父亲当年常进常出的仙人洞看看。忽听半空中传来从未听到过的鸟叫声："王子，王子。"兄妹俩抬头一看，竟然是两只大鸟，衔着一个硕大的桃子，飞到渊龙与元修的面前停了下来。渊龙与元修正在疑惑，忽见地上冒出一个鹤发童颜的老爷爷，自称是天子山的土地，他对兄妹俩说："你兄妹二人贵为轩辕皇族，但你们心地善良，为民风里来，雨里去，修道勤奋又刻苦，虽年纪轻轻，但早已超凡脱俗。今奉王母娘娘之命，特来献桃。"渊龙说："我们兄妹做的都是应该做的，也都是平凡普通的事，怎敢惊动王母娘娘，有劳山神土地。"元修也说："我们兄妹所作所为，远未做到土地公公所说的。如今若吃了王母娘娘所赐仙桃，必然受之有愧。"土地爷爷说："这可是长生不老之果，凡人求之不得，也无处可求的。"兄妹俩坚辞不受，都说："待假以时日，事业有成，再受恩赐不迟。"

土地公公与渊龙兄妹二人把仙桃推来推去，结果一不小心，仙桃从土地公公的手中滑落在地，顿时"轰隆"一声，仙桃一着地，即刻化为大石。土地公公一见，哈哈大笑，指着仙桃石说："你们兄妹果然不是凡人，那就让它在凡间做个见证吧！"说完，化为一朵青云飞天而去。

就这样，石宕源多了这块巨大的仙桃石。人们为了纪念轩辕帝女元修与轩辕帝子渊龙的动人故事，就在仙桃石边盖了个

"仙桃殿"，以此来传承美德，教化育人。

讲述者：张世杰

记录时间：1987年7月25日

记录地点：石宕村

整理时间：2020年3月12日

轩辕殿与大禹滩的传说

浦江东乡有座名山，叫官岩山。在它的脚下，古时曾有一大溪滩，叫大禹滩，就是现在的三江口附近，传说它和大禹有关。

话说大禹治水浙江，许多地方出现反复，不是前功尽弃，就是无功而返，但就是找不出根本的对策。大禹对此很是焦急，多次召集文武百官、乡间名士商讨，却始终得不出结论。大禹对大家说：从前先祖轩辕黄帝南巡时，曾派渊龙到浙地治水，后来又有康侯到此治水，我等何不去天子山一带察看水情，一来已有多年不去天子山朝拜先帝驻跸圣地，今年是先帝诞辰大年，我辈当去重修庙宇，再塑金身，以不忘根本和先祖功德；二来顺便到康侯墓地祭祀缅怀有功之臣、仙逝故人；三来去浙水源头看看，也许能够有所启发。文武百官们都为这一举三得齐声叫好。

当年秋天，大禹率领文武百官，从会稽出发，浩浩荡荡来到古浦江天子山。第二天，大禹寻访黄帝行宫和元修宫后，听取了当地百姓们的意见和建议,决定把黄帝行宫改建为轩辕殿,使四方百姓前来朝圣。

大禹一方面监督轩辕殿改建工程,一方面又沿浦阳江一直往西寻找源头,令人画出水流走向图,以备治水之用。同时,组织百姓大兴水利,发展农业。转眼到了中秋,大禹在新建的轩辕殿亲自主持隆重的轩辕黄帝和轩辕帝女祭祀大典。第二天,大禹便率领文武百官沿浦阳江一路治理,准备顺路回到会稽山。途经康侯山,大禹特意下船登临山顶,到康侯墓前祭祀。祭毕,大禹站在悬崖边,一览大地尽收眼底,村如星辰,江如银河,风光无限。但是,大禹没有欣喜,只有沉思。他对康侯成功的浙江治水工程为何还会有水患感到大惑不解。大禹心中正在打鼓,忽见江水似在倒流,不由眼睛一亮,心中大彻大悟。原来,大禹

仙华山下轩辕殿

在康侯山上看出了古浦阳江的流向与海潮互为作用带来了治水难题的症结所在。大禹把他心中的想法对近侍们一说,大家纷纷表示赞同。于是,大禹召集负责治理浦阳江的官员们到山下一溪滩现场共商大计。大禹对浦阳江水患难以根治的原因和这溪滩的形成分析给大家听,并要求尽快布置改变浦阳江水流向、阻止海潮直接涌进浦阳江的治理工程。大禹说:看得出这溪滩是人为修建,是康侯所创,只可惜溪滩宽度不够,容水不大,难起作用。吾等务必把它开拓广大,使潮水在此有回旋余地,以减弱水势。大禹正说话间,忽听一阵巨响,平时江水不多的浦阳江突然海潮汹涌,巨浪翻滚。由于大禹有所警觉,撤退及时,大家都安全上岸。但是,大禹在天子山劳累过度,加上平时积劳已久,受此一惊,终于身体不支,当时病发难行。

文武百官们只得把大禹抬着走,不到三里地,大禹感到不行了,吩咐在一小村停下休养几天再走。最后,大禹还是在这个江边小村驾鹤西去了。文武百官万分悲痛,扶着大禹灵柩,从水路运到会稽山大本营安葬。后来,浦江百姓为了纪念大禹,把大禹倡议扩建的溪滩取名为"大禹滩",并在"大禹滩"岸边建了个"大禹庙",塑像供奉,永受祭祀。同时,人们又把大禹住过的这个村改名为"夏禹村",就是现在浦江的夏禹桥头村。人们还在大禹上岸的地方建了座桥,取名"大禹桥"。

讲述者:郑永迪,男,61,前陈乡前陈村民

记录时间:1991年9月

记录地点：前陈村

整理时间：2017年6月18日

附录：夏禹王祭祖

上古时代，滔滔洪水包围了山岳，漫没了丘陵，百姓生活在水深火热之中。帝舜采纳了四岳的意见，任命夏禹平定水患。夏禹和伯益、后稷一起，征集民夫，展开治水工作。禹治水的进程从冀州开始，经沇州、青州、徐州，至北起淮河，东南到东海的扬州。扬州属地有三江，即松江、钱塘江、浦阳江。浦阳江，其源出自浦江县西深袤山中，两岸山势陡峻，亘绵数十里，东流三十余里，绕县郭之南，复东注，逶迤百余里，入绍兴、诸暨，又绵延三百余里以入海。是时，浦阳江水横溢，汪泽涂地，百姓苦不堪言。夏禹统帅伯益、后稷等一干人马，随身携带测定平直的水准和绳墨、划定图式的图规和方矩，跑遍浦江山川。当他们来到天子山，观看了多处石刻，听到浦江"三老"介绍轩辕黄帝曾在此处畔住，始知他的五世太祖轩辕、四世太姑婆和渊龙太公曾南巡和修炼于浦江。在乡民的带领下，他们来到天子山南麓的桐柏山（道观山）黄帝曾住的地方，在废墟上盖建起祠庙，并题名"轩辕殿"。不久，夏禹率伯益、后稷等人和浦江的"三老"来到轩辕殿，一起拜祭黄帝，祈祷先祖护佑早日平定水患,解救百姓。

夏禹外居十三年,过家门而不敢入。陆行乘车,水行乘舟,泥行乘橇,山行乘樏,天天奋战在治水前线。经过艰苦卓绝的战斗,水患终于弭平,大功终于告成。于是九州攸同,四奥既居,九山刊旅,九州涤原,九泽既陂,四海会同。六府甚修,众土交正,致慎财赋,咸则三壤成赋。由于夏禹功绩卓著,舜帝把禹推荐给上天,让他作为帝位的继承人。十七年后,舜帝逝世,夏禹继承大统,在阳城接受天下诸侯的朝拜。过了十年,夏禹王东南巡狩,率伯益等文武官员及亲兵千人,再次来浦江,以国礼祭拜轩辕黄帝。

时届清明,风和气清,祭奠轩辕黄帝的大典在轩辕殿隆重举行。祭奠上,夏禹以夏王朝帝王的身份,按照舜帝立下的规范,用乐师夔谱定的乐曲举行国祭仪式。前陈芳花素果,五谷三牲,清酒雅乐。夏禹王祝曰:"我祖轩辕,教化洪荒;逐鹿中原,一统国疆……"祝毕,祖先亡灵降临;《箫韵》奏完九通,凤凰来仪,百兽率舞,百官信谐。禹帝于是歌唱道:"继承祖训,弘扬祖德,奉行天命,施行德政,顺应天时,谨微慎行。"伯益等左右将士欣悦,一齐跪拜。先低头至手,又叩头至地,然后高声唱道:"朗朗乾坤,熏风丽日,祈帝赐福,强国安邦,遍布福祉,物阜民康。"歌毕,群姬献舞。是时,万民山呼,载歌载舞,共庆大典。

祭毕,夏禹叫伯益将浦江的稻种发放他地,教民众在卑湿之地种植;叫后稷给生活困难的群众发放食物,对缺粮少食的地

浦江首届轩辕黄帝民祭大典

方,从有余粮之地调剂,补其不足。

当时,夏禹王车辇驻跸的轩辕殿西面的畈原,后来人们称之为"黄伞羽畈";军士屯扎的一垄山弯,后来人们称之为"长龙弯";马队停驻的山坪,人们称之为"百马坪";在溪流上建的一座石堰,人们叫它"铁堰";傍溪的山,人们称之为"大禹山";大禹山南丽姬们居住的地方,人们称它为"丽姬山"。轩辕殿南面大禹置鼎之处,人们称之为"鼎湖";在轩辕殿旁开凿的一口水塘,人们称之为"禹塘"。

搜集整理者:潘忠瑞

禹　塘

　　仙华山脚有个南湖塘村，村以南湖塘而得名。南湖塘曾经是浦江第一大塘，据传是大禹所开。

　　那一年，大禹到浦阳江治水，重修了轩辕殿，一时间四面八方来朝拜祭祀轩辕黄帝的人很多。可是，这里天一下雨就发洪水，晴几天就少水，干旱在这里是时常发生的事。而轩辕殿前的鼎湖其实很小，轩辕井又很浅，喝水因此成为难题。百姓们为了喝水，打了不少的井，可惜这地方以岩石为主，土层很薄，又是斜坡，井水量不大，根本解决不了问题。大禹带领随从察看了轩辕殿前后左右地形，认为只有开挖大塘才能储蓄更多的水，才能满足饮用需求。大禹征得当地乡亲的同意，调动随行大队人马，在轩辕殿前上方村后开挖一个好几里长宽的大塘，千人整整挖了七七四十九天，引石宕源水整整注了七七四十九日才灌满大塘。从此，这里碧波荡漾，鱼跃鸟飞，因塘在轩辕殿之南，故名称"南湖塘"，又名"禹塘"。

　　不知过了几千年，也不知到了何朝何代，一场山洪暴发，把南湖塘给冲埋了。至今尚留数里长的塘塍还清晰可见呢！

　　　　　　讲　述　者：张世杰

记录时间:1987 年 8 月 5 日

记录地点:石宕村

整理时间:2020 年 3 月 18 日

天 子 难

传说天上对凡间皇帝监管很严,凡有失德暴君出现,天上便会另接龙脉,再立新君。因此,古代皇帝害怕失去自己的龙脉,在朝廷中设立有钦天监,专门负责寻找和破坏天下龙脉,发现和扼杀未来新皇。

不知何朝何代,朝廷钦天监夜观天象时发现浦江仙华山脚有龙脉。这还了得,皇帝立即命令钦天监带领御林军前来铲除龙脉。钦天监得令,马上到仙华山脚查证龙脉。果然,他查出仙华山脚道光一带是龙脉中的龙尾与龙头的衔接地。钦天监于是命人挖开龙脉,以绝后患。哪知,日开八百,夜长一千,无论如何挖也挖不开挖不断。当地有个风水先生为讨好钦天监,说:"若要挖开龙脉,除非用金锄头银畚箕。"钦天监觉得有理,派人从京城拿到金锄头银畚箕,果真挖断了龙脉。钦天监欢天喜地回到京城向皇帝交了差,得到了许多金银财宝恩赐。可是,好景不长,没过几年,钦天监又发现仙华山一带不仅龙脉尚在,还有新皇在孕育的星象。皇帝得报,吓得心惊肉跳,慌令钦天监再赴仙华山脚剿灭新皇。原来，前次钦天监挖得不彻底，龙脉未断，新皇得以孕育。为什么钦天监直到后来才发现仙华山脚有新皇孕育的迹象呢？原来，仙华山脚龙脉地有一户人家，女主人怀孕后，屋后长出一株藤，长得出奇的快，没有几日便把整个屋顶盖得严严实实。有一天，这家主人的娘舅来嬉，看见房子被藤盖得昏天黑地，不由分说，便替姐姐把藤砍了。奇怪的是，他家的一只黑狗与黑猫自从藤被砍掉后，轮流到屋顶去睡觉。原来这狗与猫是天上派来保护未来皇帝的，睡在房顶是为了用它们的身体作掩护，不让钦天监发现。一日，这户人家的娘舅又来做客，看到屋顶有只狗睡在瓦上，就对妹妹、妹夫说："难怪你家穷，狗上屋顶犯忌，太不吉利。"结果，这家主人听信娘舅，便把这只狗打死了。狗死后，猫上屋顶再也下不来的，没了黑狗替换，活活饿死了。没有狗与猫的掩护，新皇的星在天上亮了起来。于是，钦天监经过几天观察发现天象发生变化，新皇之星已经闪亮。

玉皇大帝知道新皇已被发现，立即派天神来通风报信，保护新皇。天神不敢耽搁，化身为白发老人，火速来到这户人家，把孕育新皇的秘密告诉了这个女主人，并给女主人一袋纸人、一袋金沙、一捆筷子，教她如何使用，如何逃命。说只要胎儿落地，就会逢凶化吉，躲过大难。

天神刚走，远远就听见追兵到来。孕妇慌忙出逃，竟记错了天神的话，本该把纸人向后撒的，她却向前撒了，结果纸人一着地，变成了一队兵将，不是断后护卫，而是先她离开而去。本该把金沙往后撒的,她却向前撒了。结果,金沙一着地,变成了一块块大石头,成为她自己的绊脚石。本该把筷子往后扔,她却把筷子向前扔。结果筷子一着地,变成了一条一条沟,使追兵更快追到她了。就这样,这个身怀新皇的孕妇刚逃过一条山垅,跑过一条山坑,翻过半条岭,腹中就疼痛难忍,只得停下来产子。就在这时,追兵也到了,"咔嚓"一刀,把她给杀了,新皇也就胎死腹中。

天上派下来保护新皇的将军早已投胎出生,这天将军正在登高山村做木匠生活,忽然有人来报信说:"天子有难,快去保驾。"将军知道新皇有难,连忙起奔保驾。他把斧头作兵器,木匠凳当马骑,一路飞奔前去保驾,可惜由于新皇母亲错用纸人、金沙和筷子,害了自己,帮了追兵,大大缩短了追兵的时间。结果,他刚到佛堂岭,就远远看见眼前一道黄光腾空而起,知道幼主已遇难了。将军痛惜幼主被杀,想想今后已无出头之日,也一斧自刎,死在佛堂岭边岩石之下。

从此,人们便把那女主人逃难经过的山垅叫"皇垅",扔下装纸人布袋的地方叫"布袋湾",撒下金沙的那条坑叫"金坑",女主人被杀的那条岭取名"朝驾岭"。在那个将军气死的地方,人们造了个骑路凉亭,名叫"将军庙",并在庙里立碑记述了一个"主公罹难,将军自刎"的传说。那条三只脚的木匠凳呢,被取名为"三脚马",一直流传至今。

讲 述 者:张世杰

记录时间：1988 年 10 月 21 日
记录地点：石宕村
整理时间：2020 年 3 月 25 日

附录：一担千斤石

　　登高山下的石宕源峡谷中有一担千斤巨石横卧在路旁。关于千斤担石的来历还有一段故事。

　　亘古至今，浦江北山脚一带百姓世代以耕种为业，而肥料除土肥外，石灰就算作是官料了。可是，北山脚附近没有石灰，得翻山越岭到几十里外的嵩溪一带去挑来。山民们起早摸黑，磨破肩皮才挑得一担石灰，不用说有多苦多累了。

　　有一年夏日傍晚，登高山村民们又挑着石灰担回家，艰难地负重上岭，挑到石宕源六折岭头，一个个都已累得气喘吁吁，正欲坐下躲荫休息，忽见一位鹤发童颜的老翁，也挑着石灰担，在路旁休息。他看到山民挑着石灰进山，便很有礼貌地起来说一起纳凉，并走到山民们跟前拉起家常，问这问那。当问到山民是喜欢挑进还是喜欢挑出的时候，山民们马上联想到"船头朝里，招财进宝"的古话，大家都认为挑进来表示有的拿，挑出去表示拿出去，谁喜欢拿出去，当然喜欢有的拿才好。于是山民们异口同声回答说，喜欢挑进来。

老翁见山民们都喜欢挑进来,叹了口气,摇摇头说:"那好,你们就挑进来吧!"说罢,就把挑来的一担石灰往路旁一丢,一阵烟,老翁就不见了。而丢在路旁的石灰担马上就变成了一担千斤巨石。大家这才知道,这位老翁是神仙,这才明白神仙挑的石灰担和他说的话的用意了。但,一切都晚了,后悔来不及了。

从此,北山脚一带也就再没有出产石灰的希望了,世世代代都得从外面运进石灰来。这个故事说明一个道理,那就是凡事要从远处考虑,大处着想。

讲 述 者:任文灶

记录整理者:张庆东

记录时间:1993 年

金 牛 洞

石宕源仙桃石之右有一处"金牛鼓"的石壁,尽管它没有洞口,但民间一直称其为"金牛洞"。这里面有一个徽州人得宝的传奇事故。

金坑岭有金鸡与金牛的传闻越传越远,传来传去传到了一个徽州人的耳朵里。于是,这个徽州人翻山越岭来到金坑岭撞撞运气。

　　徽州佬早已查得若要引出金牛,须用千年松菜、万年稻草,缺一不可。金坑岭既有金牛,这一带必有千年松菜与万年稻草。徽州佬非常自信,在仙华山附近一带到处转悠寻找。徽州佬眼睛乌珠生水。一天,他路过仙华山脚一户人家门口,一眼便望见这家中堂挂着一幅古画,画的是几颗松菜。走近细细一看,该画已有千年历史,这不正是"千年松菜"吗?!徽州佬高兴得两手拍大腿,使出浑身的江湖功夫,把这幅古画买到了手。

　　徽州佬得到"千年松菜",又马不停蹄继续寻找那"万年稻草"。他走啊走,一边打听附近的民间奇闻,从中寻找线索,一边观察村里村外壁头旮旯,寻找实物。终于踏破铁鞋无觅处,得来全不费功夫。很快,他从一个老农口中得知登高山村很多年前曾经出过一件奇闻怪事,说是登高山村佛堂岭边上有一丘"大秧田",几年前的一个春天,这大秧田主人与往年一样种下了秧苗,不想所有秧苗插下去不到几天便全黄了,只有田中央一孔秧苗出奇地壮。主人一连几次拔掉死苗插上新苗,结果每次都一样莫名其妙地死了,唯独田中央那孔秧苗不死,而且越长越高、越长越粗,到后来,它比人还高,比甘蔗还粗,也没有开花长穗。主人无法,只得任由它成长,到秋天才割了它。这田主人觉得这稻草又长又韧,收割后把它盖在牛栏屋顶,几十年过去不曾变色。

　　徽州佬听到这个传闻高兴得不得了,马上赶到登高山村这户人家打探。田主人是个麻雀飞过会点卵的人,他一听便知其中必有文章,便东拉西扯,硬是从徽州佬口头套出用"千年松菜、万年稻草"能引出金牛的话来。徽州佬告诉他,他的那孔稻草在高山牛栏屋顶晒了几十年不变色,说明它已吸收了日月精华,达到了万年的功效,所以可作"万年稻草"之用。田主人听后心里打起了算盘,任凭徽州佬如何开高价,他就是不肯出卖。

徽州磨破嘴皮,田主人死不松口。徽州佬看看无法可想,只好作罢,他叹了口气说:"命好不如运好,今日干脆做个顺水人情,我把'千年松菜'也送给你算了。你能得到金牛,我也不枉来此一趟。"

就这样,田主人得到了"千年松菜"和"万年稻草",欢天喜地地去引那金牛去了。他刚走下佛堂岭不久,只听得"哞,哞"的一阵响,从金坑岭方向奔来一头金水牛。田主人见金牛闻得千年菜味和万年稻香而来,连忙把"千年松菜"扔了过去。金牛一口吃了"千年松菜",又走过来吃田主人手中的"万年稻草"。田主人按照徽州佬所教的办法,一根稻草一根稻草地喂金牛,但他始终不敢去牵绳,因为牛鼻里的牛绳是条火红的蛇,很是吓人。眼看手中只有一根"万年稻草"了,田主人心急如焚,便顾不得什么了,迅速伸出另一只手要去抓住"牛绳"。那金牛被这突然的举动惊得"哞"的一声,挣脱田主人抓住的牛绳,一个回头钻进了路边的一个岩洞里。转眼间,那洞口便消失了。田主人手拿半截牛绳,急得捶胸跳脚,拼命拿起石头去砸那封闭的洞口,他砸一下,只听得"哞"一声,砸一下,传出"哞"一声。金牛从此躲在这洞里再也没有出来过,直到现在,若有人拿石去敲击金牛洞岩壁,里面仍然会传出"哞"的声音。后来,人们因为"金牛洞"没有洞口,便把它改称为"金牛鼓"了。

那个抓鬼剥皮的田主人呢,被他拿到的那半截牛绳原来是金牛绳。奇怪的是,那金牛绳上有毒,他抓过牛绳的那只手后来中毒烂了一年,医治的钱刚好是卖掉那半根金牛绳的钱。这真是:贪得无厌,枉费心机。

讲　述　者:张世杰
记录时间:1987 年 9 月 13 日
记录地点:石宕村
整理时间:2020 年 2 月 21 日

金山寺与披袈僧

石宕峡谷六折岭右侧悬崖下有金山洞与金山寺,香火兴旺。溯源而上,岩下村有一大石峰,高约 70 米,其顶有块连接怪石,高约 13 米、形似和尚拜天庭的披袈僧石,朝东静坐。据说,这个披着袈裟的石头和尚是一个强盗变的。

不知何年何月,金山寺住着一老一少两个和尚。山脚下石宕村里有个财主,种了五斗田的青菜,绿油油嫩得惹人赞不绝口。

寺里那个小和尚日日食的是粗菜淡饭,确实有点食厌了,看见田里这等嫩的青菜口水都流下来,心里思忖,拿这样的青菜炒年糕该多么可口好吃呀!他不敢明问,便转弯抹角求师傅允许他到山脚田里去割点来吃。他的师傅是个得道和尚,告诉他说:"偷来东西要垫债的,不能无故白食。"可是小和尚不听话,一只耳朵进,一只耳朵出,瞒着师傅到财主田里割了半畦青菜。

财主有每日起早到田畈散步的习惯。这一日,走到田边,看见半畦青菜没有了。他是个救苦济贫的好人,平常又是食素念经的,这会儿看见青菜被割走,竟一声不响,还吩咐家人不要声张。他想:"偷青菜的人一定是家里穷,无法过日子才来偷的。"小和尚在寺里,拎着耳朵听了半天,竟无人在骂,想想真有点奇怪,便大着胆子去问师傅。师傅讲:"财主骂,你没事;他不骂,你就要垫债。"小和尚做贼心虚,可嘴上还硬钉钉:"我不相信。"

当日夜里,小和尚又割来半畦青菜,他想:这次财主总会来骂了,骂过了我就不要垫债了。第二天五更,财主走到田横头,看到青菜又少去了。家人气得开口要骂,财主赶紧劝:"不要响,不要骂。这个人第二次来割菜,

金山寺碑

肯定穷得有上餐无下餐才来割的。"财主就是不骂,小和尚火气起来了,等财主走转背,"嗦拉嗦拉"又割掉半丘,"这回总会来骂了吧。"小和尚一边挑着菜,一边心里得意地想着。第三日五更,财主看到半丘青菜割得只剩下几棵了,还是挥挥手说:"算了,算了,就算为我们自己积德吧!不要骂。"

还不骂!小和尚索性把整丘五斗田的青菜割了个精光。这一下,财主不肉痛,家里的老婆团图可发火了。"这种不会做人的东西,都把客气当福气了,真是敬酒不食食罚酒。不好好教训教训,真当以为我们是好欺侮的,得给点颜色给他看看。"好心的财主好说歹说,又把家里人劝住了。

老和尚晓得后,把小和尚点化成一头小水牛,送到财主家来垫债。

小水牛日长夜大,财主十分爱护它。小水牛很快长到好耕田的身架了。有一日,小水牛突然开口对财主讲了人话:"东家,我本是寺里的小和尚,只为三番五次偷割你家那丘田的青菜,你一声不骂,师傅便叫我来垫债的。今后请你在暖天给我挂蚊帐,冷天把栏垫燥,我会报答你的。"

财主听了又惊又奇,又可怜又不安。从此,对小水牛如对待人一样,夏天挂蚊帐,冬天盖棉被,平时把栏扫得干干净净。

过了一段时间,一日,小水牛又开口讲:"东家,今日夜里有个强盗,要到我们家里来杀人放火抢东西。不过,你不用怕,只要把我牵到门廊上,我自有办法对付他们。"财主听讲强盗要来杀人抢东西,吓得全身像筛米一样发抖,连话都讲不出,只会一个劲地点头。

当夜三更时候，一个强盗真的来了，手拿明晃晃的刀枪，像判官小鬼一样的凶相，"哐啷啷"飞起一脚，把大门踢开，正想再往里闯，门廊上的小水牛厉声喝住："回头是岸。"强盗听见牛在喝他，吓得汗毛倒竖。他壮着胆子，硬着头皮向前问："你究竟是神还是鬼?"

小水牛回答："都不是，我本是金山寺里的小和尚，因不听劝告，偷了东家一丘田的青菜，这生世投胎做牛来垫债的。"

强盗本是个聪明人，肚子里寻思：他偷点青菜都要投生做牛垫债，哪我们做强盗的人，日夜杀人放火抢东西，下生世要去投生什么，垫什么债呢?不好抢，不好抢了!我再不改性，定无好结果的。强盗越忖越悔，越忖越怕，一声不响转头就走。

强盗转到山上后，再也没有下山打家劫舍。这样一日日过去，山上存的余粮就吃光了。强盗决心放下屠刀，立地成佛，始终打坐不出，活活饿死在石塔洞里。天上玉皇大帝晓得他想重新做人而死，十分感动，便封他为佛。

水牛(小和尚)债已垫满，死了。玉帝看他已经脱胎换骨，也封他为菩萨。

讲 述 者：张世杰
记录时间：1987年8月15日
记录地点：石宕村
整理时间：1987年9月18日

龙　泉　洞

　　石宕源紫金冠岩下有三个洞,分别是滴水洞、狮口洞、金山洞。其中滴水洞非常特别,洞中泉水与众不同,人们用钱币放在水面不会下沉。君若不信,入洞验证。

　　滴水洞里的泉水为何会异乎寻常?有一个传说告诉你个中的原因、其中的奥妙。

　　当年,楼相公从龙宫逃回里浦山,失手打开雨伞,使龙女裸身暴露于光天化日之下,触怒了天庭,被雷击后镇在了雨伞石里。楼相公想尽办法,用尽手段,一连三天三夜,伤透了脑筋,磨破了双手,终搬不动雨伞石,救不出龙女。实在无法可想,楼相公只好原路返回东海龙宫,硬着头皮向龙王请罪求救。龙王一听,又惊又急又气,但事已至此,生米已成熟饭,也只好忍气吞声,派太子跟楼相公到里浦山救公主。

　　龙太子跟楼相公一路风风火火、急急忙忙赶到里浦山,打开雨伞石,救出半死不活的妹妹,马上吐出一颗救命的龙珠让她含在嘴里。可是公主已奄奄一息,龙身失水已久,龙珠功效一时无法发挥能量。龙太子驮着妹妹,一个龙腾,驾云到擂鼓山顶,一看对面紫金冠正好是龙脉中的龙头峰,真是大喜过望,马上托起妹妹,把她安放进龙喉部位的滴水洞里。

龙太子在滴水洞里绕了三圈,向滴水洞顶的泉水口连喷了三口龙涎。就这样,滴水洞里含有龙涎的泉水一滴一滴滴在龙女的嘴里,龙珠在龙女的嘴里转了起来,一连滴了三天三夜,龙女终于得救活了过来。

从此,滴水洞又多了一个"龙泉洞"的名字,龙泉洞里的泉水因为有龙涎,所以异乎寻常。

讲 述 者:张世杰
记录时间:1988年8月8日
记录地点:石宕村
整理时间:2020年5月2日

宝掌峡谷景区传说

宝掌峡谷(宝掌寺)简介

　　仙华山东有宝掌山,旧称里浦山。唐贞观十五年(641),有中印度僧宝掌云游到此,见山石怪异,便结茅为庵,建为道场。死前自称活了1073岁,因号称"千岁和尚"。唐开元二年(714),寺中立有《千岁和尚碑》(久佚)。

　　宋英宗治平二年(1065),道场更名宝岩禅院,明太祖洪武二十四年改为宝掌教寺,后屡有兴圮,今之宝掌禅寺复建于1997年。山中奇石森植,如奔兽,如钟鼎,如刀戟旗鼓,著名的有"飞来峰""五通游戏峰"。又有三石洞,奇崛幽绝,冷泉渗渗。山中无处无泉,以飞来峰下所涌清泉,尤为甘冽。"浦阳十景"之一的"宝掌冷泉"即指此。

山中有"丹光",春、秋两季晨昃,每每可见。丹光的显现处,在药壶山顶。据清光绪《浦江县志稿》载:"(药壶山)岩侧,云岚草木相掩映,日影东射,远望氤氲若丹光浮动。"南宋方凤有《药壶闪影》诗咏此奇观,谢翱在《游石洞夜坐记》中,更详记夜间的丹光:"是夜将分,有影射西岩,初如光珠走盘,浸大如席。须臾光遍树石,闪闪飞动;视东岩,月复未吐,益信仙宫紫府所见日月光影,往往与人间不同。"

千岁宝掌和尚

　　在仙华山东,有山旧名里浦,又名浦岩。唐贞观十五年,中印度和尚宝掌云游到此,见山秀水洁,月白风清,便结茅为庵,开辟道场。死前自称活了1073岁,"千岁长老"的俗名因此流传至今。

　　千岁长老为什么叫"宝掌"呢?传说,他生下来便左手握拳,到七岁削发出家那一天才展开,因此取法名称"宝掌"。三国到晋朝时他东游中国,先入四川峨眉山普贤寺当和尚,常常不食,

宝掌禅寺藏经阁

每日背诵般若经千卷。一日,他对全寺和尚说:"吾有愿住世千岁,今年六百廿六。"所以大家从此称他为"千岁和尚"。后来,他经五台山,过庐山,穿雁荡,往诸暨,最后到里浦山下。这一天,他遇一老人,说此山有石窟,宜有道者居之。宝掌和尚进山一看,这里果然山清水秀,洞奇石怪,称此处"行尽支那四百州,此中偏称道人游"。于是,宝掌和尚在此住了下来,与左溪寺住持和尚玄郎成为邻居。他与玄郎大师谈经论禅,很快成为朋友,后来每有互问,都派白犬传信,玄郎大师呢,也以青猿为使。有好事者曾题壁"白犬衔书至,青猿洗钵回"之句记下这段佳话。

传唐高宗显庆二年,千岁长老自塑一像,问其徒慧云:"此肖像谁?"慧云回答说:"与师一模一样。"言毕,千岁长老当时就沐浴更衣,在宝掌洞打坐莲台,对慧云说:"吾住世已一千又七十二年,今将谢世。听吾偈语说来:'本来无死生,今亦示生死。我待去住心,他生复来此。'"唱歇就闭上双目,坐化于此。

(根据千岁宝掌和尚碑资料整理)

宝 掌 冷 泉

宝掌山飞来峰下有一泓泉水,清凉甘甜,千年不涸。泉水从石缝中涌出如沸,流量之大在浦江县内所有泉水中极为少见,

宝掌禅寺天王殿

这就是浦江最有名的"宝掌冷泉",是浦阳古代十景之一。元代文学名人吴莱的诗句"乍拨山亭木叶堆,老僧千岁喝岩开"说的就是宝掌冷泉的来历。

传说,宝掌峡谷长达四五里,峰险、石怪、洞奇,风景如画。可是,千岁长老来到这里之后,发现道场附近没有泉水,夏天到此游山之人和香客信徒喝不到干净的水。一天,千岁长老手提锡杖,到道场周围寻找水源。寻来找去,宝掌源虽多地下水路,但千岁长老七忖八想,就是选不出一处合适的出水口。千岁长老正在举棋不定,忽见一只白鹤从天而降,站在飞来峰下一块巨岩上向千岁长老点头。千岁长老一看巨岩正是处在路边,路面平整,有水从岩中涌出,干净无尘,真是一处绝妙的出水口。千岁长老向白鹤合掌行礼致谢,白鹤长鸣一声,腾空而去。千岁长老于是举起锡杖,在巨岩上用力一击,口喊"石罅出泉",只听得岩石轰轰作响,裂开一条缝来,泉如开水沸腾,急流而出。此泉盛夏漱之齿寒,清凉出奇,后世因此为其取名"宝掌冷泉"。明代诗人张应槐的《宝掌冷泉》诗赞得好:

> 天削玲珑镇大荒,吟龙先吸冷泉尝。
>
> 何来老衲传千岁?携得高峰到上方。

讲 述 者:戴祖行,64岁,七里乡塘后坤村民,略有文化

记录时间:1988年3月17日

记录地点:塘后坤村

整理时间:2020年2月22日

附录:飞锡泉

左溪寺有泉名曰"飞锡泉",传说是千岁和尚从宝掌寺飞锡劈山引来的。

宝掌寺里的千岁丈老和左溪寺的玄朗禅师,是对相好的朋友。两个你来我往,常在一起谈经下棋。

一日,千岁丈老到左溪寺去寻玄朗禅师走棋。一到左溪寺,只见山门紧闭,敲门又不开,只好转身回来。走不了几步,迎面

撞上两个用菜篮子挑水的小和尚。一问,才知道玄朗禅师出门操化,还没回寺。

千岁丈老被两个小和尚请进左溪寺,来到齐云阁,拜过菩萨,寺前寺后走了一圈,见左溪寺面对"三星岩",背靠"荆紫岩",狮象两山守口,果然是佛门圣地。可惜好山无水,大煞风景,实在是美中不足,便对小和尚说:"信佛一家人,今日夜里,我送水过来,但要记住,无论有什么响动,千万不要鸣钟敲鼓。"两个小和尚当时答应了。

果然,当夜三更,大风忽起,吹得山摇地动。两个小和尚心里怕得"怦怦"跳,慌乱之中,忘了宝掌和尚的话,却按自家师傅出门时的吩咐:如有急难,可以鸣钟击鼓。两个小和尚,一个爬上钟楼,一个爬上鼓架,"蓬,蓬,蓬,嘡,嘡,嘡"地敲起钟鼓来,说来奇怪,钟鼓一敲,风也没有了,地也静了,小和尚高高兴兴又上床睡觉去了。

原来,千岁丈老看到左溪寺无水,想把宝掌寺里的泉水,分一半到左溪寺去。那天半夜,千岁丈老作起法术,挥动锡杖,想打通南北山,谁知泉水刚从左溪寺后壁涌出,钟鼓一响,他的法术被破,无法再打了。

尽管泉水只有一小股,可也足够左溪寺用了。玄朗禅师十分感谢千岁丈老"隔山挥锡杖,无私送清泉",便筑池蓄水,取名"飞锡泉"。

搜集整理者:石有才

五通游戏峰

　　宝掌峡谷中有宝掌三洞,即西洞、宝掌洞、经洞,《中国名胜词典》收有其名,可见名气很大。其中,经洞也叫东洞,洞为二重,分内洞和内洞,因口曲折,古称"石扉互峙"。洞内冬温夏凉,有"温然如春"之称。用脚蹬地,咚咚有声,游人无不称奇。相传,宝掌和尚常趺坐其中,也坐化于此,所以这里也叫"千岁长老洞"。经洞上面有奇峰,传说宝掌和尚诵经洞中,五通前来听经,因名为五通峰。

　　五通是妖邪之神,常常能随人心所喜欢和爱慕而化形迷惑人,也有瞬间收集金钱财物的神通,使人一夜暴富。因此,民间不少心术不正的人为之造庙祭祀,以祈求无妄之福。传五通听说里浦山有个十分特别的得道宝掌和尚,他常年不吃不喝,也不去化缘,终日诵经。有信徒献金助银,力劝兴建宝殿,他一概拒绝,说:"收入钱财,虽佛寺辉煌,但也是劳民伤财,非真禅意。"因此,千岁长老在里浦江传经授道,始终不建寺宇,坚持在草庐道场讲经。五通不相信世上真有不想造大殿兴大寺追求香火兴盛的和尚。一日,五通变化成一个大施主,雇用十个后生挑了十担金银到里浦山,请求宝掌和尚收下,权作建寺之用。不料,宝掌和尚婉言谢绝了五通的虔诚与好意。五通还是不太相信宝掌和尚，又在一天晚上乘宝掌和尚不在道场之际，化来无数金银堆在道场。宝掌和尚回来一看有无数金银堆积如山，知道一定是五通所为。第二天，宝掌和尚传出话来，让邻近三村的人到里浦山去结佛缘领金银，弄得五通哭笑不得。这下五通真的相信宝掌和尚确是一个与众不同的得道高僧。就这样，五通对千岁长老佩服得五体投地，每次路过浦江境内，便要上里浦山来听千岁长老念经。不过，五通是个邪神，他听经不是真想改邪归正，所以他来听经是出于对宝掌和尚的好奇与敬重，出于对宝掌山美丽风光的迷恋。因此，五通常坐的巨岩也被人们称之为"五通游戏峰"。

讲 述 者：戴祖行
记录时间：1988 年 3 月 17 日
记录地点：塘后坤村
整理时间：2020 年 3 月 20 日

八音石与合音洞

宝掌冷泉千年不断并不稀奇。位于宝掌冷泉北面的宝掌溪边有巨石才稀奇。古传，伏石初听，有潺潺流水声音，时缓时急；贴耳细听，又如金石敲击，丝竹音韵，似在奏一支优雅的乐曲，令人称奇，因此被俗称为"八音石"。无独有偶，位于宝掌洞北下侧的"合音洞"更奇怪。人走进洞中,如入空谷,脚步有响声,说话有回音。两种声音合成时能产生一种动人的旋律。南宋文学名人方凤有诗句赞美其奇:"低山一洞尤寥沉,铿然谷应合音节。"

八音石与合音洞的奇妙声音是怎样形成的?据说,是一对男女青年坚贞不渝的爱情所产生的结果,与千岁长老有关。

传说,里浦山经常云蒸霞蔚,山色空蒙,时有紫气冉冉,神秘莫测,吸引了无数远近游人,也招引了许多妖魔鬼怪在此盘踞与猎奇。什么狐狸精、老虎精等都想来占山为王,只是自从千岁长老来到里浦山后,它们再也不敢为所欲为了。有一年,一条红蛇精趁千岁长老云游在外,钻进了里浦山,想过一过当山大王的瘾。一日,山里来了一对相约来挖草药的青年男女,男的叫青山,女的叫白云。白云不仅生得精致漂亮,山歌更是唱得喉咙会翻滚,优美动人。白云的美貌和歌声把红蛇精看呆了、听迷了,当时,它就心生歹念,化出一团乌云,兴起一阵妖风,把白云卷走了。红蛇精想把白云占为己有,当作压寨夫人。白云一心一意想着青山,对红蛇精宁死不从,红蛇精没有办法,只好先把她关在一个山洞里。再说青山忽见白云被风刮走,一边喊一边到处找,可就是无声无息、无踪无迹,急得他大哭起来。白云在山洞里听到青山的哭声,但任凭她怎么喊怎么叫,都因为有红蛇精的妖法而传不到青山的耳朵里。白云急中生智,用她那婉转动人的歌喉来传递音信。青山果然听到了白云的歌声,但任凭他怎么找怎么听,就是听不出确切的位置,只听得到声音就在附近。青山找累了,坐在一块巨石上,一边听着白云的思念情歌，一边不停地用山歌回应白云，就这样一连过了三天三夜。第四天，云游在外的千岁长老回山了，他远远听见了这对恋人的对歌，知道红蛇精在兴妖作怪，便三脚并一步，赶到里浦山把红蛇精给收了，把白云救出了山洞。青山与白云这对情人终于又回到了他们甜蜜的日子。

那块青山坐了三天三夜的巨石和白云被关过三天三夜的山洞呢，因为青山和白云的歌声长时间的互传吸引了日月精华，产生了灵性，从此音声不散，与山共存。后人为纪念它们，便把那块巨石叫"八音石"，把那个山洞叫"合音洞"，把千岁长老关押红蛇精的洞叫"红蛇洞"。

讲 述 者：戴祖行
记录时间：1988 年 3 月 17 日
记录地点：塘后坤村
整理时间：2020 年 2 月 22 日

狐 狸 洞

宝掌山有个洞口被泥石封住的山洞，名称"狐狸洞"。这到底是怎么回事呢？

原来，传说千岁和尚来到里浦山后，发现有只狐狸精也在山中。千岁和尚刚到山里时，并没有去动它。那狐狸精呢，也不知道千岁和尚的底细,不敢轻易招惹千岁和尚。表面上看,他们是井水不犯河水,可暗地里都互相提防着。千岁和尚要看这只狐狸是否兴妖作怪,危害生灵。而狐狸则是在打量千岁和尚有没有真实本领。一连几个月过去,狐狸安分守己,不敢轻举妄动。千岁和尚以为狐狸是只无害精怪,也就没有起心灭它的打算。结果,狐狸精终归是狐狸精,狐狸的尾巴终究是要露出来的,所谓江山易改,禀性难移。狐狸精认为千岁和尚没什么本领,就乘人不备,到千岁和尚的道场偷吃供品。偷吃供品也不是伤害生灵,千岁和尚睁一只眼闭一只眼,也不去管它来偷听念经。狐狸精却不这么想,它认为千岁和尚徒有虚名,空有法号,胆子便变得越来越大,竟打起了游人与香客的主意。它起初忽儿变成美女迷惑男游客,忽儿变成俊男迷惑女香客,骗财掠色。一日,狐狸精居然半路拦下游客,想吸人血害人命,幸亏早有防备的千岁和尚及时赶到,救下游客一命。

狐狸精情知不好,落荒而逃。千岁和尚紧追不放,一直追到溪边一块巨石旁。狐狸想钻进巨石边的洞里,千岁和尚不等狐狸全身进入,便一锡杖击在巨石之上,洞口立刻被泥石封住,狐狸尾巴也被夹在泥石之中,使它调不过头来,永远被封在了洞口泥石中。至今洞口被泥石封住的痕迹和狐狸尾巴的形象还清晰可辨。传说,千岁和尚在封洞时有咒语,倘若日后有人想挖此洞,必然大祸临头,因此至今也无人敢挖此洞。

讲 述 者:戴祖行

记录时间：1988年3月18日
记录地点：塘后坤村
整理时间：2020年3月18日

收 虎 为 徒

千岁长老刚到里浦山就收服红蛇、狐狸两精，还用白狗耕出一条溪，用锡杖击出一泓泉水，名声一下传遍了方圆几百里。可是前来求学拜师的人却很少，只因眼见为实的人并不多。

义乌佛堂是个笃信佛教的地方，有个少年从懂事开始就喜欢到"渡馨寺"听和尚诵经，父母拿他没办法。这个少年听说邻近的丰安县里浦山来了个得道和尚，佛法无边，非让父亲陪同他到里浦山拜师求学不可。父亲知道儿子与佛有缘，只好陪他一起来里浦山拜见千岁宝掌和尚。一到里浦山道场，所见只有几间茅房，简陋无比，少年的父亲犹豫了起来。千岁长老知道少年父亲的心思，微笑着向他合掌作揖说："阿弥陀佛，老衲与你儿子有缘，只是老衲收徒须有见面礼。"少年父亲听说和尚收徒还要见面礼，感到非常奇怪，随口问道："长老要什么见面礼？"千岁长老说："老衲已活千岁，时日不多，唯求'喜材'一口，不知施主的那口肯割爱否？"少年父亲一听越发惊奇，心里在想这个和尚又没去过他家，怎么会知道他有口棺材。转念一想，棺材远在佛堂,不可能得不偿失运到这里。于是,他又随口回答千岁长老说:"这有什么舍不得的。"千岁长老听完不说一个"谢"字,只是双手合一,双眼微闭,口中念念有词。不一会儿,但见一朵白云从天而降,少年家里的那口"喜材"稳稳当当落在了众人的面前,惊得大家目瞪口呆。少年父亲这才如梦初醒,知道这个和尚确实名不虚传,赶紧让儿子跪拜千岁长老。

不想这一幕被一只老虎看见了。这只老虎自从千岁长老来了以后,经常去偷听和尚念经。"放下屠刀,立地成佛"的经句不知听了多少遍。可是饥饿难耐,这一天,老虎一路跟踪这对佛堂父子,本想要找机会吃掉他们的,可是见到千岁长老法佛无边,它改了主意,因为它彻底相信法佛无边了。当晚半夜三更,它三声呼叫,叩开了千岁长老的门,四肢跪地,点头作揖。千岁长老知道老虎是有心皈依佛门,便用木鱼槌子在老虎头上敲了几下,算是点化,行了收徒之礼。

从此,千岁长老的徒弟中多了一只老虎。

讲 述 者:张世杰
记录时间:1988 年 7 月 30 日
记录地点:石宕村
整理时间:2020 年 4 月 5 日

一 面 黄 鱼

有一回,千岁长老到石斛桥一户人家做佛事。挑佛事担的人等了好久,长老还没有起身。挑担人催长老好走了,长老讲:"不要急,我还要带点干粮去路上吃。"

又等了很久,挑担人等急了,到处寻长老,后来在厨房里寻着了,看见长老还在烫鱼。那鱼是用面粉做的,实像活鱼,有头,有尾,有口,有眼,稀奇的是,口嘴会开,眼睛会动,尾巴会颠。一放到油锅里,还会"噼里扑落"跳起来。挑担人看得呆了,只怕时间来不及,又催千岁长老动身。千岁长老就把只烫过一面的鱼,收拾在一只大盘里,放进佛事担,让他挑去。

一到做佛事人家,那个主人一看佛事担里的东西,心里越想越不对劲:做佛事要吃素,鱼是荤的,和尚怎么能吃呢?就忍不住对长老讲:"长老,我家做佛事,人人都吃素,鱼是荤腥,请长老不要吃,我家另有素菜准备。"长老说:"那么,就放他们投生去吧!"说完,就把那烫过一面的鱼,放入石斛桥下的溪中。你说怪不怪,那些用面粉做的,已经放在锅里用油炸过一面的鱼,一放入水中,竟摇头摆尾,在水中游来游去。这时大家才晓得千岁长老是一个有佛法的高僧。

据说,自此,凡是在石斛桥这条溪里抓起来的鱼,腹部两边颜色不一样,总有一边的颜色黄一些,那是因为千岁长老把鱼在锅里烫过一面的缘故。后来,人们为了纪念千岁长老,便把这条溪改名为延寿溪。

讲　述　者:戴祖行
记录时间:1988年3月17日
记录地点:塘后坤村
整理时间:1988年3月18日

狗 耕 溪

　　宝掌源溪名十分奇怪,有一条溪流叫"狗耕溪"。这里面有个发人深省的故事。

　　传说,里浦山原本无溪,每当遇到大雨,山洪四处横溢,源口田地不是被冲毁,就是被淹没,颗粒无收的年成常有发生,使这一带百姓苦不堪言。

　　宝掌和尚刚来里浦山,就看到此种情形,深为乡亲们所遭遇的这种自然灾害寝食难安。有一天,里浦山一带又遭到几年不遇的一场大风大雨,山洪顷刻暴发,好端端的庄稼作稷又被冲得七零八落,不成样子。宝掌和尚心急如焚,不等雨停,就带着他的白狗,去察看灾情,探究对策。白狗在前,宝掌和尚在后,白狗有路不走沿山背走,宝掌和尚则往田边小路走。走着走着,一直走到山脚,宝掌和尚忽然停了下来,他从白狗走山背的路线中想到了一个治水保田的好办法。只见宝掌和尚挥动锡杖,吹了口气,锡杖立刻变成一副铁犁,套在白狗身上,从山脚沿着山背向上耕,硬是耕出一条溪来。耕啊耕,一直耕到有三里路远的曹家村,宝掌和尚的白狗已累得气喘吁吁。宝掌和尚停下来向曹家村曹财主为白狗讨口水喝喝,不料曹财主居然对宝掌和尚的善举嗤之以鼻,还乜眼白盯。宝掌和尚说:从山背耕出一条溪,既保田地不失,又能防洪治水,免受天灾,施主难道认为老衲做得不对吗?曹财主以为和尚不敢与他作对,就没好气地回答说:“和尚不要多管闲事。这里是我家的风水,风水被破,我的福气财运被你冲掉了,别人水灾受害与我无关系。”说完竟呼出家中恶狗来咬宝掌和尚的白狗。让这种只顾自己、不管别人的人一代代传下去,岂不是这里的穷人一代代要受苦受欺吗?宝掌和尚二话没说,又向白狗吹了口气,白狗立即又来了精神,拉起锡杖犁继续向上耕。宝掌和尚双手合一,口中念念有词:“耕深不耕阔,曹家永不发。”

后来,不知是巧合,还是真有灵验,曹家果然不到三代便绝了,那条溪也就叫“狗耕溪”了,最深的地方有十多米,宽有四五米。这里的水不是顺势向低流,而是从平地向山背流,成为一大奇观。

讲 述 者:叶如友,男,63岁,七里乡寺口村民,退休教师

记录时间:1997年7月16日

记录地点:寺口村

整理时间:2020年3月3日

千岁长老好徒弟楼相公

从前,浦阳江南岸不远处有个叫骆山的地方,离城不到五里地。山中有个寺,名叫"圣昌寺",圣昌寺口村出了一个名人。此人姓楼,名进龙,号庆八。

楼进龙从小失去父亲,是母亲一手拉扯长大。母子相依为命,日子虽然过得紧点,但儿子砍柴割草,母亲饲猪养鸡,倒也知足常乐。

楼进龙出身贫穷,但生性豪爽,还有天生一副爱苦怜命的菩萨心肠。家有黄金,外有戥称。他好打不平,疾恶如仇,方圆百里无人不知。因而他被乡亲尊称为"楼相公",真名却被人们渐渐淡忘,以至后世民间只知浦江从前有个叫"楼相公"的。

传说,楼相公年轻时常常过江去里浦山砍柴,闻知宝掌寺和尚千岁长老佛法高、道行深,收红蛇、镇狐狸,除妖捉怪,心里十分佩服,时常去宝掌寺听千岁长老念经,向千岁长老讨教法术。千岁长老早知这个后生对佛有缘,与道有渊,便有意无意对他指授点化。一来二往,千岁长老与楼相公成了熟人,于是千岁长老就顺风顺水收楼相公为俗家弟子。楼相公勤奋好学,悟性超群,一学就会,一点就通,成为千岁长老和尚唯一一个超凡脱俗的高徒,最终入道成仙,由仙成神,名传千古。

讲 述 者:戴祖行

记录时间:1987 年 3 月 17 日

记录地点:塘后坤村

整理时间:2020 年 4 月 10 日

串 珠 潭

在宝掌峡谷中,宝掌源上段有连续跌水潭,如玉珠串连,俗名"串珠潭"。很久以前这里本无串珠潭,它的来历是个神奇传说。

传说,楼相公自从成为千岁长老的俗家弟子后,便常住在宝掌寺中。

有一天,楼相公走到寺后,忽见前面紫气缭绕,一串灯笼般大的佛珠自西从天而降,不偏不倚,恰好落到宝掌源上,珠落水溅,水深成潭。楼相公惊呆了,鬼使神差般走到了潭边,这时中央潭一道皓光直逼楼相公,头顶一团彩云,把他推了下去。

到了潭底,只见一位红光满面、白发生辉、慈眉善目的老太婆,手扶一条佛帚,一手数着一串佛珠,一手竖掌行礼,闭目念念有词。楼相公惊魂未定,但他情知是遇到神仙或者菩萨了,便上前去问好。

老太婆慢慢睁开眼睛,和善地对楼相公说:"你与水有缘,与仙有缘,与佛有缘,这是你平时积德行善的造化。老身因此特来超度你脱凡除俗,今后还是水助你成为正果,只是需要你自己的悟性罢了,天意如此!"老太婆说完,向楼相公口授了呼风唤雨等法术秘诀,然后举起佛帚,往楼相公额上一点,楼相公顿觉眼睛一亮,精神非常。忽然,老太婆摇身一变,竟是观音娘娘,不等楼相公拜谢,观音娘娘把佛帚一挥,对楼相公说:"三天内,你每日拂晓时从下而上依次在各潭沐浴半个时辰,使你脱胎换骨。天机不可泄露,望你今后多行善事,好自为之,去吧!"楼相公受宠若惊,再三拜谢。观音娘娘微微一笑,驾起莲台,带上楼相公破水而出。

从此,民间谁也不知楼相公除了好行善事,还有腾云驾雾、呼风唤雨的法术。

讲 述 者:戴祖行
记录时间:1987年3月17日
记录地点:塘后坤村
整理时间:1993年4月

保冷泉,救灾民

楼相公遇到观音娘娘后,成了半佛半仙之体,有了呼风唤雨法术,但他照样爱打抱不平,好善乐施,穷苦百姓对他敬如神明,而地主老财、贪官污吏们却对他咬牙切齿,十分痛恨。

有一年,浦江整整旱了九九八十一日,火一般的阳光把草木烤焦了,庄稼晒枯了,人们求神拜佛,结果还是滴雨不下,眼睁睁地看着颗粒无收。到后来就连吃水都困难了,仙华山附近方圆几十里的人靠着宝掌和尚用锡杖戳出来的那泓宝掌泉水活命过日子。

当时的那个浦江县官是额上写着"爱民如子,清正廉明",脑后印着"官府衙门八字开,有理无钱莫进来"的贪官。他非但不为灾民求神祈雨,开仓赈济,反而见宝掌泉有利可图,派衙役将宝掌泉把守起来,规定凡有来挑水者,一律按量付钱。

连汤水粥都吃不上一口的灾民,哪有钱来买水哟。"天高皇帝远",灾民们真是叫天天不应,喊地地不灵,有的饿死渴死,有的背井离乡,走不动的只好听天由命了。

楼相公云游回浦,但见田枯地裂,满路饥民,一片凄然惨景,耳闻目睹县官趁火打劫、丧尽天良,不禁痛恨交加,决心救灾民出苦海,灭贪官,除大害。

楼相公在设计除害,县官也在打着他的鬼主意。原来,这个贪官曾多次领教过楼相公的"苦辣酸味",因此,一提起他,便怕得要死,恨得要命。近听传说楼相公外出归来,担心他来打破他的黄金梦,正想召师爷合谋拔掉这枚眼中钉、肉中刺,忽报楼相公有事求见。

"真是天助我也,刁民此来,正是自投罗网!"县官闻报又惊又喜,一边命令立即进见,一边差人速请师爷来替他出谋划策。

"久违,久违,大人近可安好?"楼相公一进门,装出十分恭敬的样子,向县官拱手作揖。

"楼弟,别来无恙呀!"县官皮笑肉不笑,边说边让座,又命端茶又叫备酒,一切都是从来不曾有过的礼贤下士。县官见师爷进来,便话入正题,眯起老鼠眼对楼相公说:"楼弟今来本县

宝掌冷泉

衙中,不知有何见教?"

"非为别事,特来恳请县老爷出面为民求雨,并愿与大人打赌!"

"此话怎讲?"县官又奇又疑,一头雾水。

楼相公一本正经地说:"眼下浦江地面天灾久旱,民不聊生,万望大人救星高照,亲登仙华山向仙姑娘娘祈求甘霖。此恩此德定能流芳百世,不知大人意下如何?"

"为民求雨,本县早有打算,只是良机未到,故延至今。既然如此,本县理当率民求雨。但不知打赌一事如何说法?"

"只要救得四方灾民,小民虽死而无憾,故此愿以生死与大人打一赌。"

"请细细说来,"县官一听以生死作赌注,立刻提起全身所有神经,拎起两只耳朵听楼相公讲话,只怕听错了。

"大人如能为民求雨,到时大人叩拜祷告后,如三刻之内云不至雨不来,小民任凭大人处置,死而无憾。但到时如三刻之内真有风到雨来,大人则须开仓赈民!"

师爷听说,急忙挤眉弄眼,暗示县官赶忙答应下来。县官眼珠子滑碌碌一转,搓了搓山羊胡子,说:"此话当真?"

"大堂之下无戏言,愿立状为凭。至于开仓赈灾事,大人恐有不便,可另书之,小人斗胆在县衙借宿三夜,一则使大人放心。二则也使小民放心。不知县大人以为妥否?"

天下哪有这等便宜的事,师爷听得哈哈大笑,连声称楼相公:"侠义心肠,为民请命,真是一县之福也。在下自愧不如,自愧不如！"

县官也心里好笑，想：你非神非仙，三刻之内何能呼风唤雨来，到那时，定他个欺官之罪，这心头之恨嘛，嘿嘿，一定十拿九稳了。至于开仓令岂不成了你这刁民的随葬品了。县官越想越美，不由击案而起："楼弟义举，可敬可佩，本县哪有不依之理？一言为定，一言为定！"于是指令师爷当堂立据为凭。

第二天，县官传令同僚幕属吃斋三日，洗汤沐浴，准备率民求雨。

好容易挨过三日，县官果然更衣出城，但见旌旗锣鼓、香案执事、求雨队伍有如长龙达数里之长，好不热闹，好不气派。

县官和师爷在路上前呼后拥，威风凛凛，心里好不得意。

楼相公在路上虽有衙役左盯右看，不得乱走乱动，可心里却在暗暗发笑。

县官万万没有想到在他手捧香炉，从山脚走到半岭时，城里却正在开仓分粮赈民了。

原来，楼相公把"开仓令"传给了暗中通好的一个当地差役，待县官出门不久，那差役便带领灾民，持"令"到了库房。因县官为泄私愤，以皇粮作赌注，有欺君灭族之罪，故未敢透露半点风声。此时，库吏见县官率众上山为民求雨去了，对此"令"也就信以为真，不假思索便把仓门打开了。

再说肥头肥脑的县官爬到山顶，几乎热得要死，累得要命，但"大事"要紧，县官好不容易走进"昭灵宫"，耐着性子向仙姑娘娘祷告求雨，然后急忙到门外，只恐三刻过后，让楼相公脱身逃走。这时,只见楼相公口中念念有词,只一刻工夫,便有一块乌云从西滚滚而来,越滚越大,又不过一刻,狂风大作,飞沙走石,紧接着一阵只有大萝范围大小的倾盆大雨从天而降,劈头盖脸向县官头上打来。奇怪的是,县官逃到哪里,那倾盆大雨就追到哪里,县官被飞沙走石、倾盆大雨打得晕头转向,分不清东南西北。这一热一凉一惊一吓,贪官哪里经受得住,不一会儿便两眼一翻,两脚一蹬,见阎王去了。这时,人们才发现,这阵飞来的怪雨中还有蹦蹦跳跳的鱼虾,也有鲜嫩的水草呢!

这是怎么一回事?人们正在发呆,消息传来,县衙里的池塘忽然之间被一股怪风全刮走了。

当人们清醒过来,知道这一切与楼相公有关时,楼相公早已不知去向。

楼相公到哪里去了?传说,他到东海龙王那里求雨去了。宝掌源里的宝掌冷泉呢,也再没人敢霸占了。

讲 述 者:戴祖行
记录时间:1987 年 7 月 17 日
记录地点:塘后坤村
整理时间:1993 年 4 月

鼎湖遇龙女

楼相公惩治了贪官,为民除了一大害后,为了把好事做到底,救灾救到底,他风风火火赶到东海,去求龙王降雨。可是没有想到他修行还浅,进不得龙宫。

真是怀着一腔救苦救难的热情而去,抱着一肚无可奈何的遗憾而归。几天几夜,楼相公食无味觉难睡,眼看灾情越来越重,百姓叫苦连天,爱苦怜命的楼相公能不急吗?!

一天,楼相公像上次在串珠潭那样鬼差神使般地走到仙华山脚鼎湖边,忽见干枯的湖底仅有的一个水丼中不断冒出泡泡来,随着一道红光,只见一个美如天仙般的姑娘从水中翩翩而出。

那姑娘笑盈盈地走到他身边说:"你急人所难,到东海龙宫向龙王求雨,无奈修行不够,进不得龙宫,空有救苦救难之心,只好打道回府。我说得一点不错吧!"

"姑娘,你是哪路神仙,怎么会知道我的心思?"楼相公心里越觉奇怪。

那姑娘说:"我是东海龙王的女儿,楼公子的侠胆和善心深深感动了我,我愿意助公子一臂之力来解救这一带的旱灾。"

"如此多谢公主的大恩大德,你快带我去拜见龙王求雨吧。

这里的百姓快活不下去了。"楼相公喜出望外。

龙女说:"我父王最忌讳有人去求雨。有凡俗之气的你冒冒失失到水晶宫里去求雨,我父王一定会生气,说不定还会杀了你。""只要求得雨来,我死也无憾!"楼相公坚持一定要去。

"因为此地有人在龙王庙得罪了父王,父王十分恼怒,要罚这一带旱灾半年,楼相公如去求雨,只怕求雨不成,枉送一条命。"

"那我先说是来向龙王学法的,只要近得龙王,见机行事就好办多了。"

"这也不行,我父王最忌讳凡间有人会法术。如果你说是去学法的,必死无疑!"

"这,这如何是好,如何是好?"楼相公闻说求雨如此千难万难,急得抓耳挠腮,搓手顿脚。

龙女眉头一皱,计上心来,说:"不如说是去与我父王试法的。"于是龙女如此这般附耳给楼相公出谋划策,说得楼相公又惊又喜,惊得是与龙王比试法术高低非同儿戏,喜得是得到龙女芳心。

龙女说:"我出宫多时,不宜多留,公子要进水晶宫,此地上面那个通海洞直通东海龙宫,三天后望公子依计行事,切记,切记。"说完龙女纵身跳往水丼一晃不见了。

原来,早在楼相公徘徊在东海岸边时,龙女正巧路过那里,见这个楼公子相貌堂堂,一表人才,又见他心地善良,一身正气,真是越看越爱,心想若嫁得这等后生,也不枉为神为仙。因此,龙女跟了楼相公多天,看准机会接近楼相公。

从此,楼相公与龙女演出了一场斗法骗雨的戏来。

讲 述 者:戴祖行
记录时间:1987年3月17日
记录地点:塘后坤村
整理时间:1993年4月

斗 法 骗 雨

传说,楼相公按龙女的指点,来到仙华山腰的通海洞,早有龙女派来的一个神龟在等他。于是,楼相公随神龟一直到达龙宫。

龙王正在闭目养神,忽报凡间有人闯宫,吃了一惊。凡间有何能人,如何进得宫来?"带到正殿见我!"龙王要见见凡间来的这位不速之客究竟何许人,来龙宫何事。

不一会儿,楼相公被虾兵蟹将带到正殿。这时,早已伺候在一旁的龙女走出来抢先说:"父王,这位人间公子是来与你斗法的。"

龙王一看这个面如傅粉的人间美男子,心里就十分不舒服,再听说一个凡民竟敢藐视龙王来斗法,真如火上加油,便有十二分的愤恨,心里骂道:"岂有此理,寡人乃仙界四海中的龙王老大,受众仙诸神所敬重,今日却居然有此大胆凡人,敢来与本王比试法术,真是高礤田鸡,不知高低,实在可恼。"但龙王掐指一算,转念又一想:此人来自玉皇大帝和九天仙姑元修曾经修炼过的仙华山,讲不定果有能耐,有道是善者不来,来者不善,不如先试试再作道理。

龙王先出题,命虾兵蟹将化来一担芝麻,叫楼相公挑到仙华山去撒掉。挑到仙华山对楼相公来说是驾轻就熟,楼相公心里暗自高兴。第二天一早,就把一担芝麻从通海洞挑出到了仙华山,不费吹灰之力就把一整担芝麻都给撒掉了。当夜,楼相公高高兴兴向龙王交了"差"。龙王听了心里又骂道:别高兴得太早,要是你能全数收回,除非黄狗头上出角,田鸡背上出毛。龙王笑着对楼相公说:"撒掉了就好。那你明天去把它全部收回来,不得少半斤!"这一下,楼相公给吓呆了,要收回一担芝麻谈何容易,就是收回一斤也千难万难。这一夜,楼相公像火烧毛虫,急得滚来滚去睡不着。可是这又有什么办法呢?第二天楼相公只得挑起空担,来到仙华山,看看满山的树木,遍地的柴草,真是心急头开叉,不知如何是好。从早上到中午,楼相公除了叹冷气,一粒芝麻都没有收回。

午时到了,龙女送饭来,看见楼相公满脸愁容,不觉好笑,楼相公越发感到委屈,怨她不该开这天大的玩笑,让他来吃这等不生不死的苦头。龙女连忙劝他:"你好愁不愁,愁到六月没日头。放心,你只管吃饭,芝麻由我收来,包你无事。"说完,解散头发,拔下金钗,四边一挥,口中念念有词作起法来。立刻,四面乌云翻滚,狂风大作,满山的芝麻腾空而起一下飞到空担里。可是仔细一看,比原来却足足浅了一寸,楼相公又皱起了眉头。龙女一见,把手一指,立即有许多黑蚂蚁的尾巴飞入麻篮里,刚好和篮口平平,楼相公连连称妙,把它们与芝麻渗了进去。据说今天的黑芝麻就是这样来的。当晚,楼相公又高高兴兴地挑着满满一担芝麻向龙王交了"差"。

龙王一见,心中大惊,这凡间小子果然有些法术,心中不由再加几分妒火。龙王又是冷笑一声说:好好,那你明日去把仙华山对面的南山上所有的树一天之内连根都给我拔起来。说完,又背起双手走了。

第二天,楼相公愁眉苦脸地到了南山,眼望满山满垅的水桶一样粗的树木,他抱起一棵使劲摇了几下,结果一动也不动。对了,用飞沙走石之法拔树,结果还是一动也不动,楼相公这下又绝望了。长叹一声,一屁股坐到地上听天由命。中午,龙女又送饭来了,楼相公再也忍受不住了,请求她不要再叫他与龙王斗法了。龙女说:"别灰心丧气,一切有我呢,你尽管放心好了!"说罢,脱下脚上穿的云头绣鞋,在地上甩了三下,只见一阵阵旋风在浓雾中呼呼作响,不一会儿雾散风停,满山满岭的大树无一棵不连根拔起,看得楼相公目瞪口呆,连忙拜谢。龙女一把扶起楼相公,轻声说:"只要你不忘记我就是了。"

楼相公回转龙宫的消息很快让龙王知道了,龙王哪里肯相信,连忙取出宝镜一照,果然是实,心中更加恼怒,但脸上还是装出无事的样子说:限你明天,把全部倒地的树都给竖好接活,恢复原样。楼相公有了前几次的经验,就一口答应下来。

第二天,楼相公到南山呼呼睡了半日。到了中午,龙女照例送饭来,叫楼相公先吃,自己又作起法来。楼相公还没吃下几口饭,龙女便把所有的树都竖了起来,不消一刻,又全都树复原状,真是神了。等楼相公吃好饭,龙女说:"今夜,我父王肯定要害你了。你必须如此这般,才能闯过这道关口。"

果然不出龙女的意料,龙王见楼相公连赢两局,恼羞成怒,决意在今夜将他结果掉。吃过晚饭,龙王假心假意邀请楼相公到宝掌源飞来峰去下棋。楼相公不说好也不说不好,跟着龙王就走。龙王选择了山顶靠临万丈深渊的平岩上坐了下来,龙王在上首靠峰尖,楼相公在下端靠深渊。几个回合后,棋无输赢,龙王故意打了个哈欠,便提出要与楼相公一起在此过夜,楼相公明知龙王要在此收拾他,但还是爽快地答应陪同到明日天亮。龙王自以为得计,深信不疑,一睡下,就发出呼呼鼾声。楼相公的呼噜比龙王更响,但眼睛却始终不敢全闭一下。到了半夜,只见龙王的眼睛突然射出两道凶光,楼相公连忙把身边早已准备好的一块大石头,轻轻放在龙王的双脚下,这时,龙王的眼睛开始往下挂,像两盏灯笼,一直挂到龙王的胸前,只见龙王双脚猛然一蹬,把那块大石头踢下深渊。龙王听见响声,翻了个身,又呼呼大睡。躲在树后的楼相公吓得冷汗直流,慌忙逃下山去。

第二天,龙王一早起身下山回宫,把女儿叫来说:"那小子哪里斗得过我,昨晚被我一脚踢下飞来峰去喂了野兽!"

龙女忍不住嘻嘻一笑,对龙王说:"父王,他早就下山了,现在正吃得香呢!"龙王不信,走进楼相公住处一看,楼相公刚好吃完,见龙王进来,忙起身请安让座。龙王这一惊非同小可,呆得半天说不出话来。过了好一会儿,龙王咬了咬牙,心里狠狠骂道:"小子,你别高兴得太早。"嘴上还是心平气和地说:"今日,孤王到仙华山去躲藏起来,限你在三个时辰内把孤王找出来。"话说至此,眼睛一瞪:"到时如寻不出,可别怪本王勿客气!"说完化作一阵清风走了。

龙王走后,龙女对楼相公附耳说:"这是我父王最后一招,如你今日破不了这一招,我父王就调兵遣将把你捉去处死。"楼相公忙向龙女讨计求救,龙女又对楼相公附耳说:"只要你如此这般,保你平安无事!"楼相公连连点头叫好,把公主的话牢牢记在心头。

吃过午饭,按照龙女的指点,楼相公去追寻龙王了。龙王已越过七七四十九座山,越过七七四十九条河,到了仙华山,从塘下向仙华岭上走到第七七四十九级石阶,再向右数到第七七四十九那株毛竹,又向上直数到第七七四十九那株毛竹。就在这株竹朝山顶的那侧根头,有根拇指粗的竹鞭,其中有个针孔般大小的小洞,龙王就躲了进去。楼相公轻而易举地追寻至此,用大拇指紧紧封住小孔,只一会儿工夫,龙王就憋不住气了,在竹鞭里喊:"饶了我吧,我输了。"楼相公装着没听见,龙王再三讨饶:"如果再不放开,我要闷死了!"楼相公说:"要我放你也不难,但要答应我两个条件!"龙王说:"只要公子肯放本王出来,不要说两个,就是二十个条件也答应你!"楼相公说:"既然如此,第一,把你的女儿许配给我;第二,在我回家的路上,你不得行云打雷、刮风下雨。"龙王哪敢讲个不字,连声说:"都依你,都依你,快放本王出去。"楼相公见目的达到,便放了龙王。龙王钻出洞来,躺在地上半天不会动弹。

回到龙宫,楼相公欢天喜地,龙女也是心里开花,拿了把雨伞给楼相公说:"公子先走。父王决不会顺溜让我跟你到凡间,我只有暗中跟随。这把雨伞给你,但在路上千万千万要记住,无论有多大的风雨,千万千万不可打开雨伞!"

"雨伞为何不能打开?"楼相公百思不得其解。

"天机不可泄露,切记,切记!"

就这样,楼相公打道回府了。为免遭龙王在通海洞暗害楼相公,龙女作法使楼相公从串珠潭上岸。楼相公刚从串珠潭中钻出,龙王早已派雨龙在天上布满乌云,飞沙走石,大雨瓢泼,楼相公被风雨刮得双眼难睁,但心中却喜滋滋乐呵呵的,雨终于被骗来了,浦江的百姓有救了。这几天自己没有白吃苦头,白受惊吓。

讲　述　者:戴祖行
记录时间:1987年7月17日
记录地点:塘后坤村
整理时间:1993年4月

雨 伞 石

楼相公从串珠潭上岸,龙王早就派雨龙,请风伯,邀雷公,在此摆下阵势,还有虾兵蟹将、龟精鳖怪呐喊助威,替他报仇雪恨。

楼相公走到哪里,雷打到哪里,更有风刮雨打,飞沙走石,弄得他晕头转向,寸步难行。楼相公一急,竟忘记了龙女的千叮咛万嘱咐,慌乱之中,竖起雨伞一撑,只听"哒"一声,雨伞里跌出一个姑娘来,她就是龙女。这时响雷一个连一个打来,雨伞被一个炸雷轰到地上,顿时化成了石头,又一个炸雷把龙女给镇到了雨伞石下。

楼相公见龙女被镇在岩石里,千呼万唤也没用,不由大哭起来,只好硬着头皮回龙宫向龙王求救。

原来,那把雨伞是件宝物,能容纳无量东西,龙女躲进雨伞,是为了避过龙王的耳目,不想楼相公忘记嘱托,失手打开,祸从天降。

现在串珠潭下面的"雨伞石"就是这样来的。

讲 述 者:戴祖行
记录时间:1987 年 7 月 17 日
记录地点:塘后坤村
整理时间:1993 年 7 月

朝 天 龟

宝掌源宝掌洞一侧上面有一块巨大的岩石,形象逼真如一只大龟,探头朝天,其情其景,如望穿秋水,因此俗名叫朝天龟。

民间传说这个乌龟原是串珠潭主。当年楼相公从东海归来,遭到龙王的暗算,这个乌龟便是龙王派来伏击楼相公的其中一个。这个乌龟精已有不浅的道行,当时,它对龙王背信弃义的做法十分反感,对楼相公的遭遇深表同情,决心要帮一帮楼相公。

当时,龟精悄悄把风伯的风向、雨龙的布雨、雷公的炸雷透露给楼相公,最终使楼相公避风躲雷,脱身逃命。之后,楼相公云游四海去了,而龟精难回东海,于是便留了下来,成了串珠潭主。

有一年,王母娘娘开蟠桃会,各路神仙都来赴会。八仙也在邀请之列,众仙大吃大喝,大吹大擂。九天仙姑元修实在听不下去,接口换了个话题来赞美人间山川景色,把仙华山的奇山秀水特别赞美了一番,讲得游山玩水惯了的八仙入了迷,当下约定蟠桃会后到仙华山去一游,饱饱眼福。

云游四海的楼相公闻知八仙要到仙华山来一游,便也回到故乡,想会一会八仙。最高兴的还是这串珠潭主——乌龟精了,山里的猿、狐狸、虎精都说:楼相公与八仙是朋友,这次八仙来游仙华山,你叫楼相公在八仙面前求个情,八仙准会帮你成仙。

龟精听听有理,心想我曾救过楼相公一命,这个忙他定会帮的。

于是,乌龟日思夜想,终于有一日盼来了楼相公。楼相公见到救命恩人在此居住,再三拜谢救命之恩。又特意化来酒席款待恩人。酒逢知己千杯少,楼相公与龟精边谈边喝,不觉时过半夜三更。楼相公感到又困又累,呼呼睡去。可乌龟怎么也睡不着,它多么想八仙立刻显身眼前,度它成仙。乌龟情不自禁向山上爬去,到山顶盼望八仙的到来,盼呀盼,总盼不到八仙的影子来,它无可奈何只得又爬下山来。快到潭边了,却不料此时回潭的时辰已过,急得它大叫楼相公救命。可楼相公路途劳累,怎么叫也叫不醒。乌龟精急忙转身,抬头向东方天空大叫,希望八仙及时相救,这当然是徒劳的。当它再一次极力抬头大叫时,整个身体已变成今天这个样子的石头了。

讲 述 者:戴祖行
记录时间:1987年7月17日
记录地点:塘后坤村
整理时间:1993年8月

猴 头 岩

千岁宝掌和尚圆寂后,他的门徒为纪念他,大兴土木,建起了宝掌禅寺,香火随之大兴。

拜佛求签、进山还愿的香客多了,这下乐坏了宝掌源里的两只猴子。因为,它们的食物来源充足,可以天天高枕无忧了。传说,两只猴子两种性格,一只猴子对食物十分珍惜,凡是香客施舍给它的所有食物都小心收集,不乱掉乱扔乱吃,也不向香客强求或抢夺,和尚和香客对它也非常友善与怜爱。而另一只猴子既刁又滑,既贪吃又不爱惜食物,常常把从香客手里抢来的食物果品咬一口就随意扔了。因此,和尚和香客们对它都非常厌恶与憎恨。

这样的日子过去一年又一年,两只猴子转眼到了寿限,宝掌源的山神土地向天庭告了那只有丑恶行径的猴子。糟蹋粮食,暴殄天物,天地难容。天庭闻报大怒,马上派雷公下凡间到宝掌源,把两只猴子点化为石,并把那只恶猴的头给雷劈了下来,作为世间的警示。

从此,宝掌寺大殿口两边便多了一对石猴,西边那只善猴有完整的身体,活灵活现,形象生动。东边那只恶猴面目全非,仅剩下两条逼真的腿脚。

讲 述 者:陈潮江
记录时间:1988年9月11日
记录地点:寺口村
整理时间:1989年5月2日

后　记

从20世纪90年代初至今，仙华山旅游景区开发已有三十年的历史了，无论是民间，还是政府部门，要求挖掘整理仙华山旅游文化资源，编辑出版《仙华山传说》的呼声一直未断。1993年，刚主持完成《浦江民间文学三套集成》搜集整理工作的我受命于浦江县委宣传部，与张庆东、魏开雷等人组成采风小组，搜集整理仙华山传说。可惜，因为当时人事变动及所集书稿数量质量问题，一时难以成书而作罢，不想就此搁浅至今。

搜集整理仙华山传说，不仅仅是提升仙华山风景名胜区文化品位、打造浦江旅游文化金名片的需要，更是仙华山申报国家5A级旅游景区体现文化价值的重要内容。本人作为一个浦江人，一个专业从事文化的工作者，也一直不敢辜负民众的希望，不敢忘却自己的责任。1993后，又历经二十余年，数上仙华、登高村，遍走金坑源、石宕源、宝掌源诸村，搜集传说故事线索。特别是2012年为编《浦江县非物质文化遗产大观》，与参编人员同住仙华村数月，得以遍访仙华、登高两村诸老，搜集到许多前所未有的故事线索，许多故事传说得以补充完整。本人利用业余时间，先后整理出五十余篇传说故事，通过不断搜集，不断充实，不断完整，数易其稿，终于得以在退休之前定稿出版，了却了一个三十余年的心愿。

　　三十余年来，许多曾经关心支持《仙华山传说》的搜集整理和编辑出版并出谋划策的良师益友、仁人志士先后离世而去，因为《仙华山传说》的姗姗来迟，留下了许多的遗憾。特别是仙华村金华市级非物质文化遗产代表性项目仙华山传说代表性传承人方小苟、登高村文史爱好者任文灶、石宕村民俗文化爱好者张世杰等生前为仙华山传说提供了许多有价值的线索，讲述了很多比较完整的故事传说。早在1994年，著名浦江籍中国儿童文学作家洪汛涛先生看到我在《浦江报》上发表的一组仙华山传说，马上来信表示祝贺，说这是他第一次发现与看到仙华山有关轩辕黄帝一家两代四人的传说故事，这对仙华山旅游开发具有十分重要的意义。后又多次来信，谆谆教导我要继续深入挖掘仙华山旅游文化资源，并就如何整理好仙华山传说提出了许多宝贵的意见和建议。1997年，我的恩师，曾任金华地区书法家协会主席、金华地区文化局副局长兼群众艺术馆馆长、衢州市文化局局长的章寿松先生，得悉我个人有搜集整理《仙华山传说》的计划，便在百忙当中为我题写了《仙华山传说》书名。他们的热心支持与关心，他们的无私指导和帮助，使我获益匪浅，深受感动。

　　由于仙华山传说在浦江历史上极少有比较完整的故事被挖掘和整理，大量的线索或深藏于古代诗文里，或仅在民间口耳流传中，且现代又未组织切实有效的仙华山传说专题搜集、整理与研究活动与工作，也极少有人去专注于它，同时由于时代原因，会讲仙华山传说的人越来越少，这给挖掘仙华山传说带来很大的困难。所幸上述热衷于仙华山传说的故事家在世时给予大力配合与支持，为《仙华山传说》的成书打下了坚实的基础。二十余年后的今年，趁防疫居家，根据当年笔记与回忆，新整理了三十余篇故事传说，《仙华山传说》书稿终于告成，在此终于可以告慰恩师的在天之灵了。

本书为尊重历史，在篇末所注地名，管辖乡镇，皆为当时名称。

为使仙华山传说更具有系统性，本书将以往已发表而非本人搜集整理的故事传说以附录的形式按序编入，在此对各位作者深表感谢。

本人水平所限，加之文章均为业余时间所完成，时间跨度又大，难免挂一漏万，存在诸多不尽如人意之处，恳望各位乡亲和专家继续提供故事线索，提出不足之处，以便再版时纠正与完善。

洪国荣

2020年5月20日于浦江文化馆